Henry Schilling - Elias Thielges

Wurm und Schwalbe

WURM UND SCHWALBE

Henry Schilling - Elias Thielges

© 2023 Henry Schilling, Elias Thielges

Alle Rechte vorbehalten

Herstellung und Verlag: BoD - Books on Demand, Norderstedt

ISBN: 978-3-7347-3338-3

Für Georg Schneiderwind,
der den Weg zu diesem Werk gelegt und
geebnet hat.

Inhaltsverzeichnis

Kapitel 1 - Es war einmal...   **9**

Kapitel 2 - ...Wurm und Schwalbe   **15**

Kapitel 3 - Silberbrosche   **21**

Kapitel 4 - Eine unerwartete Reise   **31**

Kapitel 5 - Ferne Ufer   **35**

Kapitel 6 - Die Töne der Freude   **41**

Kapitel 7 - Ein Brief   **46**

Kapitel 8 - Der Gartenrat   **52**

Kapitel 9 - Der Froschkönig   **62**

Kapitel 10 - Hinauf ins Licht   **69**

Kapitel 11 - Cyrille Hérisson   **80**

Kapitel 12 - Verrat   **90**

Kapitel 13 - Im Gefecht   **97**

Kapitel 14 - Das Versteck der Ratten **103**

Kapitel 15 - Finale **114**

Kapitel 16 - Ein Fest **129**

Kapitel 17 - Auf Wiedersehen **141**

Epilog - Ein Brief vom Mond **148**

Kapitel 1 - Es war einmal...

Es war einmal ein kleiner Wurm, der lebte in einem großen Turm. Er schlief tief und fest innerhalb der weichen Erde, die seinen Turm füllte.

Der Turm war allerdings kein gewöhnlicher, es war ein Blumentopf von erhöhter Position.

Eines sommerlichen Nachmittags im Frühling wurde das Würmchen geweckt, aber nicht etwa, wie üblich, von Omas Regendusche, sondern von einem harmonischen Singen.

"Nanu?" dachte er sich. "Wer singt denn da so schön?"

Neugierig kroch er in Richtung Quelle des schönen Gesangs. Durch ein Loch im Blumentopf erspähte er den Ursprung der herzerwärmenden Klänge. Es war das Antlitz einer schillernden Schwalbe, die schwungvoll durch die Lüfte brauste.

"Eine Schwalbe! Oh weh! Nicht, dass sie mich verspeisen will!"

Beängstigt steckte er seinen kleinen Kopf wieder ins Erdenreich und begab sich in Sicherheit.

Da war es nur schon zu spät. Die Schwalbe bemerkte das kleine Wesen früh genug und ihr Interesse ward geweckt.

"Halt, kleiner Wurm!", zwitscherte sie. "Dem Würmerfressen habe ich doch schon lange abgeschworen! Wir Schwalben ziehen eher Insekten vor."

Doch der Wurm ließ sich nicht mehr blicken, er traute dem Braten nicht. "Pah, sowas Ähnliches wurde meinem Onkel Kunibert auch schon gesagt! Und nun kriecht er im Würmerhimmel! Nichts da, auf dich falle ich doch nicht rein!"

Die Schwalbe war geknickt, sie wollte dem Wurm keine Angst einjagen. Um aber dennoch die Gunst des Wurmes zu erhalten, ließ sie sich etwas einfallen. So hielt die Schwalbe nach der schönsten Blume im gesamten Garten ausschau. Die Schwalbe wollte dem Wurm ein Geschenk machen und somit seine Zweifel beseitigen.

Ein wenig später hatte sie auch schon etwas Vielversprechendes gefunden. Die Schwalbe schnappte sich das Friedensgeschenk, es war ein wunderschönes Vergissmeinnicht, und flog freudig samt Blume im Schnabel zurück zu des Wurmes Turm. Dort angelangt, steckte nun die Schwalbe den Zweig des blau-rosanen Vergissmeinnicht in das provisorische Turmfenster und klopfte rhythmisch gegen den Blumentopf.

"Komm raus, kleiner Wurm.", trällerte die Schwalbe. "So will ich dir nichts tun, außer für eine neue Freundschaft zu sorgen. Hier, ich habe dir sogar extra die schönste Blume, die ich finden konnte, hergebracht. Sieh nur, diese wunderschönen Farben."

Der Wurm, immer noch misstrauisch, vernahm einen feinen Duft.

"Das erinnert mich an meine Kindheit!", dachte er. "An vergangene Wurmtage mit Mutter Wurm und Vater Wurm."

Nun war schon eine ganze Zeit vergangen, seit der Wurm von Zuhause weggezogen war. Mit Vorsicht streckte er das Köpfchen hinaus, hin zum Duft.

Auf einmal stand er der Schwalbe direkt gegenüber - dem Fressfeind ist er sonst noch nie so nah gewesen.

"Ich bin ein Tölpel", dachte er sich, "was falle ich auf solche fiesen Fallen rein!"

Der Wurm war auf das Schlimmste gefasst. "Das wird mein Ende!", dachte er verzweifelt. Doch wider Erwarten tat sich nichts. Die Schwalbe war ihm ganz und gar nicht feindlich gesinnt. Mit freundlichem Blick begrüßte sie ihn.

"Komm nur näher du Wurm.", entgegnete sie und schob die Blume mit ihrem Schnabel noch ein Stück näher.

Sanft hob der skeptische Würmling den Kopf und roch an der herrlichen Blume. Der Geruch von süßem Nektar stieg ihm direkt in die Nase und wie benebelt vom Duft taumelte er herum. So etwas Tolles hatte er schon lange nicht mehr gerochen. Und auch noch so intensiv. Hier gab es sonst nur erdige Gerüche. Als der Wurm jedoch freudig immer mehr aus dem Fenster hinauskroch, fiel er glatt hinaus, hinab in die Tiefen von Omas Garten. Die Schwalbe bemerkte den Sturz und handelte schnell. Sie eilte im Sturzflug zur Hilfe, so dass der Wurm in ihrem weichen Gefieder einen sanften Aufprall genießen konnte.

"Ich habe dich, Freund. Du bist in Sicherheit!", rief sie und aus großer Dankbarkeit schmiegte er sich an die Schwalbe. Der Wurm machte es sich gemütlich im Federkleid des neu gewonnenen Freundes.

Anschließend flogen sie gemeinsam eine Runde über den Garten. Der Wurm erlebte diesen nun von einer ganz neuen Perspektive, und schließlich verschwanden sie im blutroten Sonnenuntergang.

Kapitel 2 - ...Wurm und Schwalbe

Erste Sonnenstrahlen kitzelten das niedliche Gemüt des Wurms. Er blinzelte und erschrak, denn das Bild, das der Wurm gerade vor Augen hatte, war keine Erde, wie gewohnt, es war Gras. - Bestandteil eines Nestes.

Angst breitete sich in seinem Inneren aus. War er etwa entführt worden? Er drehte sich langsam um, doch als er dann die gutmütige Gestalt seines neuen Freundes sah, erinnerte er sich wieder. - Er hatte bei Schwalbe geschlafen.

"Hab keine Angst.", beruhigte sie den Wurm. "Ich habe dir Frühstück mitgebracht. Ich hoffe, du magst Insekten vom Feld, oder lieber Grassamen von der alten Dame?"

Der Wurm verzog sein Gesicht. "Igitt, das klingt ja gar nicht appetitlich. Ich pflege derweil eine reine Erdendiät durchzuführen.

Etwas anderes würde mir den Magen verderben!"

Die Schwalbe ließ sich nicht lumpen und brachte ihrem unzufriedenen Gast sein erdiges Mahl. "Kommt dies deinem Geschmack schon etwas näher?", fragte sie höflich.

Mit der kleinen Nase voran kroch das Würmlein hin zur frischen Erde, die sein neuer Freund ihm gebracht hatte.

"Schnief, Schnief", machte er. "Würzig, erdig, charmant! Das ist wohl Omas Erde, nicht wahr?"

"Für wahr, ein Erdengourmet! Richtig liegt er."

Die Schwalbe beobachtete den Wurm, wie er genüsslich einen Happen nach dem anderen nahm und sichtbar jenes feine Mahl genoss. Nun machte auch sie sich an ihren Leckerbissen. Die Körner sollen ja schließlich nicht schlecht werden, aber was war das? Das

Mahl war nicht mehr komplett. Sind die Körner etwa heruntergefallen? Nein, das ganz bestimmt nicht!

Fußstapfen verrieten den wahren Übeltäter. Die fiese Ratte Lutz war mal wieder vorbeigeschlichen.

Ihm kam die Situation gelegen. Denn die flinke Ratte war ein Meister im Klettern. Jahrelang hatte er sich von den Körnern am Boden genährt. Doch nun erdriss sie sich, in das gemütliche Schwalbenheim zu klettern und Schwalbes Körner zu klauen.

"Halt! Hilfe! Haltet den Körnerdieb!", schrie sie und schoss aus ihrem Nest heraus. Schwalbe machte eine große Runde über den Garten und als sie sich auf dem Baum gegenüber des Nests niederließ, konnte sie den unartigen Scharlatan erblicken.

Wie eine Bestie flog Schwalbe mit einer Geschwindigkeit auf die Ratte hinzu, dass eine ihrer Federn beinahe in der Luft in Flammen aufging.

Alarmiert, drosselte Schwalbe ihre Geschwindigkeit und stieß wutentbrannt in Lutz Rumpf.

"Warum hast du meine Körner gestohlen? Oma hat genug für uns beide im Garten verstreut!", rief die Schwalbe zornig und schlug heftig auf die Ratte ein. Doch wehrlos gab sich Lutz nicht geschlagen. Als Reaktion auf Schwalbes Handeln schlug Lutz sie mit seinem Schwanz und fegte Schwalbe somit in die Ecke der Terrasse.

Plötzlich öffnete sich die gläserne Tür des anliegenden Hauses. Eine kleine, aus Sicht der Kämpfer jedoch riesige, ältere Frau trat heraus und umfasste einen Besen mit festem Griff. Mit einem kräftigen Schwung holte sie, die von den meisten menschlichen Besuchern auch Oma Waltraud genannt wurde, aus und schleuderte die Ratte mit gottgleicher Kraft in Richtung Orbit. Die quälenden Schreie der Ratte hörte man sowohl in allen Gärten, als auch bis zum späten Abend.

Oma Waltraud beugte sich dann sachte zur Schwalbe hin. Ihre zittrigen Finger umschlossen den kleinen und flauschigen Vogelkörper, hoben ihn hoch und streichelten diesen. Schwalbe fühlte sich sehr wohl und lehnte ihren Kopf an Omas Daumenballen. Nach einiger Zeit setzte Oma Waltraud die Schwalbe wieder auf den Boden und ging Richtung Haus. Es war sehr spät und so wie Oma, war auch Schwalbe sehr müde. Oma lächelte und winkte der Schwalbe zu, und sagte, kurz bevor die Glastür vollends geschlossen wurde, ein paar nette Worte zu Schwalbe.

"Flieg mein Freund, flieg und sobald du in Gefahr bist oder etwas brauchst, sing."

Mit diesen Worten in ihrem Gehör, stieg die Schwalbe in den Himmel und flog in ihr Nest. Und als sie in ihrem Heim angekommen war, schlief Schwalbe unverzüglich ein. - Seite an Seite mit Wurm.

Kapitel 3 - Silberbrosche

Am nächsten Morgen, es war schon Vormittag, Wurm und Schwalbe saßen gemeinsam auf Omas Terrasse. Sie hatten es sich auf dem Turm gemütlich gemacht. Nachdem beide die frischen und warmen Sonnenstrahlen genossen hatten, trat Oma langsam aus ihrem Haus heraus. Sie trug ein Tablett, gedeckt mit Scheiben eines köstlichen Vollkornbrotes, Butter und feiner selbstgemachter Erdbeermarmelade. Oma ging zu einem quadratischen Holztisch, positioniert inmitten der schönen Blumen und stellte das Tablett darauf. Danach setzte sie sich auf einen gemütlichen Holzstuhl, der mit einem blau-weiß karierten Kissen gepolstert war.

Das machte Wurm und Schwalbe neugierig. So kletterte der Würmling auf Schwalbes Rücken und anschließend flogen sie in die Nähe des Frühstückstisches, auf einen angerosteten Gartenstecker. Oma bemerkte die Beiden recht zügig.

"Guten Morgen. Habt ihr auch Hunger?", fragte sie, stand auf und schlich in ihren Filzpantoffeln ins Haus. Eine kurze Zeit später kam sie zurück. In ihrer Hand eine Tüte voller Sonnenblumenkerne.

"Nun, eigentlich hatte ich die Körner ja für mich gekauft, aber Omama ist natürlich stets bereit zu teilen."

Sie schüttete sich ein paar Körner in die Hand und platzierte sie auf den Boden. So, dass Schwalbe fröhlich herum picken konnte. Nur Wurm ging leer aus. Schließlich fand er Körner jeglicher Art nicht sehr appetitlich.

"Und du, kleiner Mann? Was bevorzugst du?"

Die Schwalbe hatte eine Idee. Sie flog hin zu einem dekorativen Blumentopf, welchen Oma auf dem Gartentisch platziert hatte. Dann pickte sie mit ihrem Schnabel herum und packte sich einen kleinen Klumpen Blumenerde. Diesen legte Schwalbe dann anschließend in Omas Hand.

"Achso, natürlich! Ein Regenwurm frisst Erde! Na, da hätte ich ja auch früher drauf kommen können! Warte eine Sekunde, kleiner Freund."

Die alte Frau schnappte sich eine ihrer vielen Gartenschippen und besorgte dem Würmling einen noch größeren Haufen Erde.

"Hier! Bei Omama soll doch niemand mit leeren Händen ausgehen."

Wurm schnupperte interessiert. "Omas Geruch! Wie entzückend!"

Nun fing auch er an zu speisen.

Als die tierischen Gefährten damit beschäftigt waren, sich den Bauch vollzuschlagen, setzte sich auch Oma an den Tisch. Doch gerade als sie sich etwas Erdbeermarmelade auf die buttrige Vollkornschnitte schmieren wollte, sprang sie auf und eilte wieder ins Haus. Sie hatte ihren Kaffee vergessen!

"Ach du Schreck. Ich krieg es!", rief Oma aus der Küche. "Der Herd ist noch an!"

Danach huschte sie mit schwitzender Stirn und einer vollen Tasse heißem Kaffee zurück an den Tisch.

Schwalbe schaute hoch zu Oma und lehnte den Kopf ein wenig zur Seite, als ob sie fragen wollte, ob alles in Ordnung sei. Oma lächelte. So frühstückten die drei neuen Freunde gemeinsam zu Ende und waren allesamt heiter.

Später, als es schon fast 14 Uhr war, kam Oma erneut aus ihrem Haus heraus. Sie suchte den Garten nach Wurm und Schwalbe ab, doch die schliefen in ihrem Nest. Etwas enttäuscht ging Oma dann an ihre Blumenecke, in welcher die schönsten Farben den Frohsinn und die Heiterkeit eines perfekten Frühlingstages einfingen und schaute nach abgebrochenen Blumen für ihre Vase. Sie weigerte sich Blumen zu pflücken, die nicht durch natürliche Weise abgebrochen waren. So fand sie ein paar schöne Nelken, die ungestüm umgestoßen wurden.

"Muss wohl der Igel gewesen sein - diese dicke Kugel.", meinte die alte Frau und pflückte die abgebrochenen Nelken vom Boden auf, um sie schmuck in einer Vase zu platzieren.

Anschließend nahm Oma die Vase und brachte sie zurück ins Haus. Was sie nicht bemerkte, war, dass still und heimlich ein ungebetener

Gast mit hinein geschlichen war. Es war Lutz, die gewiefte Ratte. Natürlich konnte er nur Böses im Schilde führen. Er flitzte umher, auf der Suche nach einem teuren Schatz. Nach der letzten Niederlage wollte Lutz es Oma so richtig heimzahlen. Er kletterte den Couchtisch hinauf und wurde rasch fündig. Omas wunderschöne Silberbrosche. Böswillig riss er sich die Brosche unter den Nagel und haute just so schnell wieder ab, wie er hineingekommen war. Es dauerte nicht lange, da bemerkte Oma auch schon den gemeinen Diebstahl. Kleine, schmutzige Fußspuren verrieten den Übeltäter. Sie eilte zur Gartentür, doch da war die Ratte schon längst über alle Berge.

"Verflixt und Zugenäht! Meine schöne Siberbrosche! Verflucht seist du, du fiese Ratte!", rief Oma zornig in die bunte Blütenlandschaft hinaus.

Durch die entzürnten Rufe der sonst so gutmütigen Frau schreckte Schwalbe aus ihrem tiefen Mittagsschlaf.

"Oh wei. Oma muss in Gefahr sein.", dachte sie sich und weckte Wurm. Gemeinsam flogen sie eilig hinunter zum Ort des Geschehens.

Dort unten, auf der Schwelle zur Tür ins Haus, saß Oma. Die Hände vor das Gesicht gelegt.

"Meine Silberbrosche, meine wunderschöne Silberbrosche! Ein Geschenk meines Vaters. - Weg! Einfach weg!", schluchzte sie.

Schwalbe konnte ihre Stimmung nur allzu gut nachempfinden.

Als sie noch ein kleines Küken war, hatte man ihr einen Hut gestohlen. Eine Handarbeit ihrer Mutter aus bunten Blüten. - Auch dieser wurde von einem Tunichtgut mit Rattenschwanz stibitzt. - Welch eine Unerhörtheit.

Schwalbe setzte Wurm ab und hüpfte auf Omas Schulter. Auch Wurm versuchte Oma zu trösten. Er kroch hoch zu seinem Turm und holte das blühende Vergissmeinnicht, welches Schwalbe ihm einige Tage zuvor geschenkt hatte. Wurm überlegte nicht lange. Ihm war klar, Oma brauchte eine aufmunternde Geste: ein Geschenk. Eine Blume von einem Freund.

So kroch er mit der Blume aus seinem Turm und suchte Blickkontakt mit Schwalbe. Wurm hoffte, Schwalbe würde ihn sehen und die Blume Oma bringen, doch Schwalbe hatte sich mit geschlossenen Augen an Omas Hals gelehnt.

Er war also auf sich allein gestellt. Wurm nahm all seine Wurmeskraft zusammen und zog die schwere Blume hin zu Oma. Noch ein Stück, dachte er sich, nur noch ein kleines Stück.

Plötzlich hob Oma ihren Kopf und Schwalbe schreckte auf. Sie flog nach oben in die Luft und setzte sich auf den Rand der ausgefahrenen Markise.

Als Oma sich aufraffte, passierte für Wurm etwas Herzzerreißendes. Oma trat auf die Blume. Auf Wurms Vergissmeinnicht.

"Nein! Nicht meine Blume!", schrie er schmerzerfüllt und schluchzte bitterlich. Es war, als würde die Welt untergehen. Alles um ihn herum brach zusammen.

"Ich wollte doch nur helfen.", sagte er mit leiser und aufgelöster Stimme.

Doch Oma bemerkte ihn nicht. - Nicht ihn und auch nicht die zertretene Blume.

Schwalbe hatte alles von oben beobachtet.

Bestürzt flog sie hinunter und nahm das traurige Geschöpf in ihre Flügel.

"Alles ist gut", sprach Schwalbe tröstend, "du wolltest nur helfen."

"Sie hat meine Blume kaputt gemacht. Oma hat meine Blume zertreten!", schrie Wurm verärgert. Er weinte und schluchzte bitterlich.

"Wie konnte eine so gute und liebe Frau, wie Oma, mir nur so etwas antun?", fragte Wurm.

"Das hat sie doch nicht mit Absicht getan.", erwiderte Schwalbe tröstend. Wurm wollte das aber gar nicht verstehen. Der Schicksalsschlag hatte ihn zu tief getroffen.

Und so standen beide noch lange auf der Terrasse. - Schweigend, aber umhüllt durch den Mantel der Freundschaft.

Kapitel 4 - Eine unerwartete Reise

Mit schwerem Atem schlief der kleine Wurm. Er hatte sich in ein Buchenblatt eingerollt, in dem es warm und bequem war. Schwalbe lag neben ihm, schlief jedoch nicht. Zwar war sie sehr beruhigt, dass Wurm endlich zur Ruhe gekommen war, doch sie wusste auch, dass der heutige Tag besonders strapaziös für Wurm gewesen sein musste.

Eine Ablenkung musste her, dachte sich Schwalbe. Was würde Wurms Wonne wiederbringen? Wie könnte Wurm über dieses tragische Ereignis hinweg kommen?

Sie überlegte angestrengt. Ihr war neben der Wiedergewinnung der Freude ihres kleinen Freundes auch das Wiederfinden von Omas Brosche wichtig. Wie könnte man beides nur vereinen? Schwalbe fiel es schwer sich zu überwinden, aber sie musste Wurm belügen. Eine Notlüge war der einzige Weg, beide Wünsche zu befriedigen. - Eine Zwickmühle, dachte Schwalbe. - Ihr war bewusst, dass Lügen schlecht war, doch es ging hier um Freundschaft, ja, gar um Familie. Es musste also sein.

Schwalbe entschied sich, Wurm morgen auf eine Reise zu nehmen. Sie wollte herausfinden, wo der Igel wohnte, den Schwalbe vor einigen Wochen im Garten entdeckt hatte. Eine Reise durch die anliegenden Gärten war bestimmt eine gute Ablenkung für Wurm. Nur von der Mission, zusätzlich die Brosche zu suchen, würde Schwalbe ihm vorerst nichts erzählen wollen. Der Schmerz hing dafür einfach noch zu tief. - Wurms Blume, geschenkt von Schwalbe, seinem Freund, zertreten von Oma, ebenfalls eine Freundin; Das war für Wurm nicht tragbar. - Geduld hieß die Tugend der Stunde, und die von Schwalbe einzuhaltende.

Besorgt, dass der Plan nicht klappen würde, aber dennoch zufrieden mit ihrer Idee, schlief bald auch Schwalbe ein.

Am nächsten Morgen, ungefähr eine Stunde vor Sonnenaufgang, eine gewöhnliche Zeit für Schwalbe aufzustehen, nahm sie Wurm, setzte ihn auf ihren Rücken und flog los. Sie machte bald Halt um zu frühstücken und simultan wachte auch Wurm auf.

"Guten Morgen", begrüßte Schwalbe Wurm in einem lieblich sanften Ton, "Ich habe leckere Erde für dich, frisch vom Feld."

Wurm kroch von ihrem Rücken und bewegte sich in die Richtung des Erdhaufens, den sie schön aufgetürmt hatte.

"Danke.", sagte er und sprach mit verschlafener Stimme weiter. "Warum sind wir eigentlich da, wo wir sind? Warum sind wir nicht im Garten?"

"Ich wollte die Umgebung erkunden, in andere Gärten kommen und vor allem zu diesem Feld. Hier soll es die besten Samen geben.", antwortete Schwalbe.

Wurm nickte anerkennend und aß ein wenig von seiner Erde.

"Die ift wahrliff köftlich.", nuschelte er und sogleich huschte Schwalbe ein Lächeln ins Gesicht. Ihr Plan ging auf. Wurm war glücklich. Doch das war noch nicht genug. Denn der nächste Halt sollte Fritz' Garten sein.

Kapitel 5 - Ferne Ufer

Fritz war ein guter Freund von Oma Waltraud und oft zu Besuch bei ihr. Schwalbe wusste aus Gesprächen zwischen Oma und Fritz, dass dieser einen Teich hatte. Den Schönsten und Größten in der ganzen Gegend. Dort wollte Schwalbe nun mit Wurm hin.

"Bist du fertig?", fragte sie Wurm, der zufrieden in die aufgehende Sonne blickte.

Er nickte. Dann ging Schwalbe zu Wurm und ließ ihn auf ihren Rücken kriechen; bequem liegend in den weichen Rückenfedern von Schwalbe.

"Auf, auf, hinauf!", trällerte Schwalbe mit kräftigem Gesang und hob in die kühle morgendliche Luft. Der Flug zog sich hinweg über Felder, herrlich blühende Wiesen und Häuser, die ähnlich wie die von Oma aussahen.

"Da! Sieh nur!", rief Wurm, der über Schwalbes Rücken blickte. Ein Teich war in Sicht. Kurz darauf landeten beide neben diesem.

Ein Gartenhaus, ein Baum und einige Bienenstöcke waren neben dem Teich in Fritz Garten zu finden, in dem sie gelandet waren.

"Wie schön es hier ist!", zwitscherte Schwalbe. "Fast wie im Paradies!"

Wurm konnte nun für eine Zeit seinen Unmut vergessen.

"Schau nur, dort drüben!"

Er zeigte auf einen Gartenstecker am Teich.

"Der gefällt mir gut, lass uns dort hingehen!"

Schwalbe kam dem Wunsch seines kleinen Freundes nach. Nachbar Fritz schien ein Auge für Ästhetik zu haben, denn sein Teich war liebevoll dekoriert. Die beiden Freunde bewunderten die gelungene Auswahl an Schilf, der in Kombination mit den schön gestapelten

Steinen eine regelrechte Augenweide erschuf. Als sie sich näherten, entdeckten sie durch das klare Wasser einen bunten Gesellen. Es war ein Koi Karpfen.

"Hallihallo, Herr Koi!", rief Wurm begeistert. Doch der Fisch schien ihn nicht zu beachten. "Hm, komisch, ob er mich nicht gehört hat? Soll ich es vielleicht nochmal versuchen?", fragte er.

"Wurm, nicht so stürmisch! Vielleicht ist der werte Herr ja schüchtern. Wir sollten ihn nicht bedrängen.", entgegnete Schwalbe.

Die beiden schauten sich weiter um. Schließlich kamen sie zu einer kleinen Höhle, die durch die stilvolle Anrichtung der Steine entstanden war. Wurm und Schwalbe waren fasziniert, da es innerhalb der Höhle so finster zu sein schien.

Plötzlich drang eine kuriose Stimme aus der Dunkelheit.

HNAH!

Jene Stimme war düster und scharf, tief und bedrohlich grollend.

"Was war das?", fragte Wurm verängstigt. Sein kleiner Körper zitterte vor Angst wie Espenlaub. Auch Schwalbe war erstarrt von der gruseligen Stimme, die aus der Dunkelheit zu ihnen sprach.

"Na, was seid ihr denn für Spezialisten?", hieß es. Dann kamen langsam zwei dünne, grüne Gliedmaßen hervor. "Besuch habe ich schon lange nicht mehr in meiner Höhle gehabt.", fuhr die Stimme fort.

Wurm und Schwalbe waren vorsichtshalber ein paar Schritte nach hinten gewichen. Wer konnte schon wissen, was für eine schaurige

Kreatur in solch einer düsteren Höhle leben würde.

Schließlich kam ein kleiner, brauner Kopf zum Vorschein, besetzt mit bronzenen Glubschaugen. Vor ihnen stand ein Frosch. Etwas rundlich und nicht sonderlich furchteinflößend.

Nun, da Wurm und Schwalbe die Gestalt hinter der Stimme kannten, fühlten sie auch keineswegs mehr Unbehagen.

"Ein Frosch?"

Schwalbe war verwundert. Damit hatten die beiden nun wirklich nicht gerechnet.

hnah "Mein Name ist Thorsten, Thorsten der Frosch und ich bin Hüter des Teiches.", sprach die höhlenbewohnende Amphibie. Er hüpfte auf die beiden Besucher zu.

"Weiche von mir!", rief Wurm und versteckte sich verängstigt hinter Schwalbes ausgestreckten Flügeln.

"Habe keine Angst vor mir, ich tue nichts. Und ausserdem habe ich gerade eben erst gegessen. Für einen so großen Wurm ist in meinem Magen kein Platz mehr.", alberte Thorsten herum. Er lachte und während er an den beiden leicht verdatterten Freunden vorbeihüpfte, sprach er: "Kommt, ich zeige euch nun mein Reich - das Auenland!"

Mit diesen Worten zog Thorsten in den lichten Sonnenschein; Wurm und Schwalbe mit Abstand hinter ihm her.

Kapitel 6 - Die Töne der Freude

Wurm und Schwalbe folgten Thorsten an die frische Luft. Erst jetzt nahmen die beiden wahr, wie abgestanden die Luft in der Höhle gewesen sein musste.

Einzelne Sonnenstrahlen trafen Schwalbe im Gesicht. Es war ein warmes Gefühl und Freude breitete sich in ihrem Herzen aus.

Thorsten hüpfte einige Meter im Voraus und saß nun im satten, grünen Gras.

Es war ein unbeschreibbarer Blick, der sich ihnen auftat. Wurm, der seit langer Zeit nicht mehr außerhalb von Omas Garten gewesen war, staunte mit weit aufgerissenen Augen.

"Es ist so wunderschön, das Auenland!", brachte er überwältigt hervor.

"Ja, wahrlich.", entgegnete Schwalbe.

"Meine lieben Gäste.", quakte der Frosch. "Der erste Anblick dieser Welt ist immer überwältigend, aber nicht minder der Zweite und Dritte. Jeden Morgen empfängt mich die Sonne mit ihrem warmen Gemüt, es ist so wunderbar!"

Thorsten hüpfte ein wenig weiter und auch die beiden Gäste, Wurm und Schwalbe, setzten sich in Bewegung.

"Nun kommt, meine Freunde, und staunet immer her, der Garten, diese Weite, ist das, was immer zählt!", sang Thorsten in einem wunderschönen melodischen Ton.

Wurm staunte. Nach Schwalbe war Thorsten sicherlich der begabteste Sänger, den er je gehört hatte.

Nach einer kurzen Pause, während sie sich gemeinsam zum Teich aufmachten, sang Thorsten munter weiter.

"Auf, auf zum Teich! Auf, auf zum Teich! - Spüret diese Frische, spüret dieses Glück, spüret diese Herrlichkeit, die ich gerne pflück! - Wie eine kleine Blume, die hier im Garten wächst, möcht ich den Teich genießen, der mich machet so verrückt!"

Und mit einem Satz sprang Thorsten freudestrahlend in das kühle Nass.

"Kommt zu mir, Freunde. Das Wasser ist so herrlich erfrischend!"

"Aber wir können doch gar nicht schwimmen.", antwortete Schwalbe betrübt.

"Das ist aber schade! So sollt ihr nicht traurig warten, während ich hier glücklich schwimme. Ich komme heraus und zeige euch mehr meines Reiches!"

Wurm schüttelte den Kopf. "Aber das ist doch nicht nötig. Wir genießen hier gerne den Anblick deiner Freude, Herr Frosch.", sagte er und lehnte sich gemütlich gegen einen Schilfhalm.

"So, dann bleibe ich im Wasser. - Ich danke euch.", sagte der Frosch und plantschte weiter in dem klaren Wasser des schönen Teiches.

Plötzlich wühlte sich das Wasser auf und der Koi sprang in einem hohen Bogen über den Frosch und glitt anschließend ins Wasser zurück.

Wurm lachte vor großer Freude und so wie er dort saß, kullerte Schwalbe ein kleines Tränchen aus ihren dunklen Augen. Aber nicht aus Trauer, sondern aus purer Freude. Schwalbe war es nun ganz klar geworden. Hier würden sie bleiben und hier würde Schwalbe einen Plan gegen die Ratte Lutz schmieden.

Und zu den sanften Klängen von Thorstens Stimme, stimmte Schwalbe ein, mit ihren einzigartigem Trällern, welches durch den ganzen Garten und die weitere Nachbarschaft zu hören war.

Kapitel 7 - Ein Brief

Thorsten saß nun wieder in seiner Höhle. Er hatte es sich auf einem Stuhl gemütlich gemacht. Ein Holzgestell mit jungen Efeublättern bespannt und mit Grashalmen zusammengeschnürt. Neben ihm stand ein Stein mit glatter Oberfläche, der als Tisch verwendet wurde. Auf dem provisorischen Tisch lag ein Brief. - Zusammengefaltetes Seidenpapier, verziert mit einem goldgelben Klecks Bienenwachs, in welchem der Abdruck eines Schneckenhauses zu entdecken war.

Thorsten nahm den Brief und öffnete ihn.

Mon ami la grenouille!

Lang habe ich dir nicht mehr geschrieben, aber nun will ich die Stille brechen. Muss ich es jedoch aus unerfreulichen Gründen tun.

Die letzten Monate habe ich mich immer wieder in der Umgebung umgesehen und umgehört. Es wird gemunkelt, dass düstere Zeiten aufziehen werden.

Du hast nun sicherlich eine Vorahnung, worum es geht, Freund.

Sie ist wieder zurück, diese pelzige Plage. Gerissener wie eh und jeh: Lutz! - Lutz ist zurück, diese miese Ratte.

Thorsten. Bitte schreibe mir baldig, ob du eine Lösung hast.

Mit liebem, freundschaftlichem Gruß
Cyrille Hérisson

Thorstens Gesichtsausdruck war kalt, entsetzt, besorgt. Schwalbe ging auf ihn zu.

"Thorsten! Was ist los? Du siehst aus wie ein kreidebleiches Schreckgespenst."

Doch der Frosch schwieg. Er stand auf und ging in den hinteren Teil der Höhle. Dort war er für Schwalbe nicht mehr sichtbar. Und für Wurm sowieso nicht. Denn er war nach dem Ausflug am Teich draußen geblieben, um die Umgebung zu erkunden.

"Komm! Komm nach hinten. Ich - Ich muss dir etwas zeigen!", rief Thorsten nach kurzer Zeit mit bitterer Stimme. Sie war etwas rau und düster. Nicht so wie sonst. Es schien so, als wäre seiner Stimme all die Freude entrissen worden, die sie sonst ausmachte. Thorsten wirkte aufgebracht, schon fast wesensverändert.

Schwalbe ging behutsam in den schwach ausgeleuchteten Teil der Höhle. Dort stand der Frosch gestützt an einer Kommode. In seiner rechten Hand ein Glas gefüllt mit einer silbrig klaren Flüssigkeit. Schwalbe starrte auf das Glas. Sie wusste nicht, was es war.

"Morgentau.", antwortete Thorsten auf Schwalbes unausgesprochene Frage. "Es ist Morgentau. - Beruhigt stets den Geist!"

Thorsten nahm den Brief und drückte diesen Schwalbe in die Flügel.

"Lies!", befahl er. "Du wirkst vertrauenswürdig und es scheint, als würde dir Einiges an deinem Garten und ebenfalls an deinen Freunden liegen. Das sieht man. - Ein solch bemühtes Gemüt erkenne ich sofort!"

Schwalbe tat, was Thorsten befahl und als sie den Brief gelesen hatte, wusste sie, dass sie nicht alleine war. Wurm war nicht alleine. Oma war nicht alleine. - Die ganze Gartenlandschaft hatte einen gemeinsamen Feind: Lutz.

"Du kennst Lutz, nicht wahr?", fragte Thorsten Schwalbe.

"Ja", antwortete sie, "er tyrannisiert mich und meine Freunde schon einige Zeit. Er hat mir meine Körner gestohlen! Aus meinem Nest! Wir haben sogar gekämpft! - Und das Schlimmste, er hat Omas Silberbrosche gestohlen. Die muss ich ihr unbedingt wiederbringen."

"Wir müssen den Gartenrat einberufen. Ich mache ein Feuer, damit wir gemütlich beisammen sitzen können und du fliegst bitte hin zum Bienenstock, einige Meter von uns entfernt. - Frage nach Bine. Sie ist die Königin im Stock, sie wird uns helfen.", murmelte Thorsten und trank sein noch halbvolles Glas in einem Schluck aus. Dann nahm er einen Korb, gefüllt mit Holz und Streichhölzern und hüpfte nach draußen, wo sich langsam die Sonne schlafen legte.

Kapitel 8 - Der Gartenrat

Das Feuer loderte lieblich leuchtend, so dass Schwalbe es aus der Ferne erkennen konnte. Neben Schwalbe flog der kleine Körper von Bine. Sie war in der Dunkelheit kaum zu erkennen, doch war sie durch ihr Summen weiterhin zu orten.

Schwalbe hatte nur die Wörter 'Thorsten', 'Gartenrat' und 'Lutz' erwähnen müssen, da folgte die Königin ihr sogleich zum Lagerfeuer.

Thorsten hatte es sich dort bereits gemütlich gemacht. Schwalbe landete anschließend in der Nähe des Teichs und zusammen mit Bine auf ihrer Schulter gingen sie hinunter zum Feuer. Zu Schwalbes Verwunderung saßen auch einige andere Gäste bereits am Lagerfeuer. Doch wer waren all diese Gesichter?

"Ach, Bine. Mal wieder zu spät!", stichelte ein Maulwurf.

Bine erwiderte einen vernichtenden Blick. "Edelmar, wer im Glashaus sitzt, sollte nicht mit Steinen werfen! Sei du nur leise! Ich muss dich hoffentlich nicht an all die Male erinnern, an denen du erst gar nicht zur Sitzung erschienen bist!", schnauzte sie zurück und schwirrte langsam auf einen freien Stein nähe Thorsten.

Neben dem Maulwurf, der nun nichts mehr sagte, erkannte Schwalbe auch noch eine Schnecke, ein Eichhörnchen, ein Rotkehlchen und einen Specht. Sie schienen sich alle gut zu kennen. Schwalbe wartete gespannt darauf, dass das Spektakel endlich anfing.

Plötzlich räusperte Thorsten sich.

hnah "Meine Werten Damen und Herren, wir haben uns hier heute zusammengefunden, um ein pikantes Problem zu besprechen: Lutz ist wieder da!"

Ein aufgeregtes Getuschel entfachte unter den Anwesenden des Rates.

"Lutz? Etwa der Lutz, der meine gute Schneckerina, meine geliebte Ehefrau verspeist hat?", vernahm Schwalbe aus der Ecke, wo eine dicke Schnecke saß. Betrübt, holte diese ein besticktes Seidentaschentuch aus ihrem Schneckenhäuschen und wischte sich bittere Tränen ab. Nun realisierte Schwalbe, wie grausam Lutz doch wirklich war. Nicht nur hatte er Schwalbes Körner und Omas Brosche geklaut, nein, allem Anschein nach terrorisierte er schon seit einer langen Zeit die ganze Gartenschaft. Schneckhardts schlimmes Schicksal war nur eins von vielen. Thorsten fuhr in ernster Stimme fort. "Wir müssen schnell handeln, sonst endet es wieder in einer Katastrophe!"

"Pah, und wie kommst du darauf, Frosch? Meines Wissens nach ist Lutz seit damals nie wieder aufgetaucht. Jedenfalls habe ich ihn nicht mehr gesehen. Warum also die Aufregung?", grunzte Edelmar, der gefräßige Maulwurf mit dunkelgrauem Fell schnippisch.

Das Rotkehlchen, das direkt neben Edelmar saß, schüttelte verwundert den Kopf.

"Du kannst dich ja auch in dein Erdreich verziehen, wenn du Angst hast. Wir werden konfrontiert, mit dieser scheußlichen Gefahr.", zwitscherte es in aufgebrachtem Ton.

hnah "Meine Damen und Herren beruhigen Sie sich! Natürlich sind meine Befürchtungen nicht unbegründet! Wir haben heute einen Gast in unseren Reihen, einen Zeugen, der die Rückkehr der Ratte beweisen kann. Bitte, tritt hervor Schwalbe. Erzähle uns, was dir widerfahren ist."

Nervös trat sie hervor. So im Mittelpunkt zu stehen, war ungewohnt, aber in solch einer Notlage musste Schwalbe nunmal ihre Angst überwinden.

"Ha-hallo.", sagte sie zögerlich. Bine stärkte sie aufmunternd.

"Komm schon, du schaffst das!"

Dann nahm Schwalbe all ihren Mut zusammen und sprach, anfangs mit leiser und zärtlicher, dann mit bestimmter Stimme. "Bevor ich hierher zu Euch kam, lebte ich in einem anderen Garten. Omas Garten. Vielleicht kennen sie manche von euch. Sie streut immer Körner aus und pflegt jede Kreatur, die ihr über die Füße läuft."

Einige Tiere nickten zustimmend, manche wirkten sogar verzaubert.

"Nun, seitdem ich bei Oma im Garten lebe, werde ich immer gut versorgt. Doch nun wurde ihre Gutmütigkeit mit Füßen, nein, mit Pfoten getreten. Lutz hat einfach meine Körner gestohlen, die Oma für mich verstreut hatte. Die Ratte war sogar in meinem Nest und als Oma mich beschützen wollte, und die Ratte verscheuchte, klaute Lutz einfach ihre Silberbrosche!"

Empörung machte sich unter den Ratsmitgliedern breit.

"Das muss unbedingt gestoppt werden!", rief das Eichhörnchen.

"Hildegard hat Recht.", sagte der Specht aufgebracht. "Es geht nicht, dass nun auch die Menschen mit angegriffen werden. Das war bisher immer eine Sache unter uns Tieren! Lutz hat endgültig eine Grenze überschritten."

"Aber was wollt ihr tun? Wir sind machtlos gegenüber Lutz.", sagte nun Edelmar.

Diese Worte regten Bine auf, die die feige Stichelei von Edelmar nicht ertragen konnte.

"Nein, wir sind nicht machtlos, Edelmar! Wir haben Freunde in der ganzen Nachbarschaft und selbst wenn Lutz Komplizen hat, sind wir immer noch in der Überzahl!"

"Von wegen!", entgegnete Edelmar. "Lutz hat eine ganze Meute um sich versammelt. Wir können doch schlecht all seine Schergen besiegen."

"Da hat Edelmar wohl recht", mischte sich nun Thorsten ein, "Lutz und seine Armee sind keineswegs zu unterschätzen, doch dürfen wir uns nicht verkriechen. Wir haben Freunde in der ganzen Umgebung. - Bevor wir weiter planen, wer stimmt für einen Kampf gegen Lutz?"

Erst meldete sich Schneckhardt, dann Bine, Berthold Specht, Karla, das Rotkehlchen und zuletzt Hildegard. Auch Thorsten und Schwalbe waren dafür. Nur nicht Edelmar. Er verweigerte die Teilnahme. Da aber dennoch die Mehrheit überwog, war es beschlossen: Sie würden in den Krieg ziehen.

"Ich schreibe sogleich einen Brief an Cyrille. Berthold, könntest du ihn bitte ausfliegen?", fragte Thorsten.

"Jawohl, Chef!", sagte Berthold stolz.

Erst jetzt, da Bewegung in die Runde kam und Thorsten einen Bogen Pergament aus seiner Höhle holte, bemerkte Schwalbe, dass Wurm die ganze Zeit über nicht anwesend gewesen war. So folgte Schwalbe Thorsten in das steinerne Zuhause und fragte nach seinem Aufenthaltsort. Thorsten schwieg und ging nur in den hinteren Teil der Höhle. Dort lag Wurm in einem Bett aus zarten Weidenkätzchen und schwebte auf den höchsten Wolken. Schwalbe fiel ein Stein vom Herzen. Nichts in dieser Welt hätte ihr noch Freude schenken können, wenn Wurm etwas zugestoßen wäre.

Herzlichster Cyrille,

über deine Nachricht war ich sehr erfreut, bis auf die Tatsache, dass Lutz wiedergekehrt ist.

Doch der Rat hat entschieden: Wir ziehen in den Krieg, alle bis auf Edelmar.

Können wir auch auf deine baldige Unterstützung zählen?

Mit den besten Wünschen
Thorsten

Thorsten sprang anschließend auf und kehrte zurück zum Lagerfeuer. Er übergab die wichtige Notiz Berthold, dem Specht und hüpfte zurück in seine Höhle. Da fiel ihm auf, dass er, nachdem er sich an seinen Tisch gesetzt, um den Brief zu verfassen, nichts mehr von Schwalbe gehört hatte. Dabei war Schwalbe doch vorhin noch so voller Energie gewesen. Als sein Blick dann zu Wurms Bett wanderte, sah er, wie sich Schwalbe gemütlich neben Wurm hingelegt hatte. Die Beiden so friedlich nebeneinander schlafen zu sehen, erwärmte Thorstens altes Froschherz.

Der Anblick der beiden schlafenden Gefährten erinnerte ihn an seine Vergangenheit, als er noch als ein junger Frosch im Teich seines Vaters herumgeschwommen war.

Kapitel 9 - Der Froschkönig

Eines Tages im Königreich Quak wachte der junge Prinz Thorsten in seinem Bett auf. Es war Morgen und die warmen Sonnenstrahlen durchdrangen das tiefe Gewässer des Dorfweihers, in dem sich das Reich des Froschkönigs befand, Thorstens Vater.

Der junge Prinz war ein sehr neugieriger und aufgeweckter Geselle. Gern schwamm er bis an die Grenzen des Königreiches, um einen Ausblick auf die Welt außerhalb zu erhalten. Sein Vater war dann immer sehr besorgt und lehrte ihm, dass außerhalb der Grenzen Gefahren lauerten. Tiere von unvorstellbarer Größe, die einen kleinen Frosch wie ihn mit einem Happs verschlingen konnten. Zwar nahm der Prinz die Warnungen durchaus ernst, doch am Ende siegt immer die Neugier.

So begab es sich, dass der kleine Thorsten an jenem Tag nicht, wie eigentlich vorgesehen, die Froschschule besuchte, sondern unauffällig in eine andere Richtung schwamm. Er wollte mehr von der Außenwelt kennen lernen. Klar war das Königreich seines Vaters sehr beeindruckend, doch Thorsten wollte unbedingt wissen, was die Welt noch zu bieten hatte. Er kam erneut an die Grenzen des Königreiches und schaute aufgeregt umher. Ihm schien niemand gefolgt zu sein. Also wagte er schließlich den entscheidenen Schritt. Sein kleiner Körper befand sich nun zum ersten Mal außerhalb des Wassers. Ihm tat sich eine völlig neue Welt auf, mit großen grünen Halmen, die aus dem Boden sprossen.

Links neben ihm marschierte eine Gruppe ihm völlig unbekannter Wesen vorbei. Sie waren schwarz und hatten Fühler auf dem Kopf.

Fleißig sangen sie eins, zwei, drei, vier und transportierten Gegenstände durch die Gegend, die um ein Vielfaches größer waren als sie selbst. Ob das diese gefährlichen Tiere waren, von denen Thorstens Vater gesprochen hatte? Jedenfalls schienen sie dem kleinen Frosch keine Beachtung zu schenken. Sie waren wohl zu vertieft in ihre Arbeit. Thorsten fand die Welt außerhalb des Königreiches faszinierend. Er konnte gar nicht verstehen, wieso sein Vater ihn davor gewarnt hatte.

Doch schnell wendete sich das Blatt. Über Thorsten baute sich ein bedrohlicher Schatten auf. Was war das? fragte er sich. Ein Unwetter? Doch es sollte dem kleinen Erkunder noch viel schlimmer ergehen. Eine fiese Stimme ertönte. "Na, wen haben wir denn da? Frischfleisch, wie wunderbar!"

Thorsten erschrak. Vor ihm hatte sich ein rotes Monster aufgebaut. Mit weißer Brust und schwarzen Pfoten, an denen gefährliche Krallen herausragten.

"Du armes Ding! Dass ich dich jetzt gleich auf der Stelle verschling. Bös' Schicksal ereilet dich, denn eine Flucht ist nicht in Sicht!"

Sein Schlund öffnete sich. Thorsten dachte, dies sei das Ende. Hätte er doch nur auf seinen Vater gehört und wäre schön im Königreich geblieben. Er war wirklich ein Narr, dass er so leichtsinnig die Welt außerhalb unterschätzt hatte. Kurz bevor das Monster den kleinen Frosch in seinem großen Maul verschwinden ließ, schrie es wild auf. Was war das? Thorsten konnte sein Glück kaum fassen. Das Biest wandte sich vor Schmerz und fauchte.

"Au tut das weh! Meine Pfote schmerzt, ojemine!"

Ein stacheliges Wesen kam zum Vorschein. Es sah beinahe noch gefährlicher aus, als das rote Monster.

"Hinweg, du Lump! Du hast hier nichts verloren!"

Thorsten machte große Augen. Der stachelige Fremde schien auf seiner Seite zu sein. Er piekste das Ungetüm in die Pfote, um ihn zu retten. Während die rote Gefahr im Hintergrund mit schmerzerfülltem Gesicht ins Dickicht verschwand, kam Thorstens Retter angeschlichen. "Was machst du denn hier? So einen wie du habe ich noch nie gesehen." Der kleine Frosch wusste noch nicht recht, was er sagen sollte.

"N-Nun, ich komme vom Weiher und begab mich auf A-A-Abenteuerreise.", stammelte er. Der stachelige Fremde streckte eine seiner Pfoten aus und gab Thorsten die Hand.

"Ich bin Cyrille, Cyrille Herisson. Ein Igel! Und du, wer bist du?", sagte er.

Thorsten räusperte sich. Er hatte nun wieder sein Selbstbewusstsein gefunden. "Ich bin Thorsten von Quack! Der Froschprinz."

Cyrille schien sichtlich beeindruckt.

"Ein Froschprinz! So etwas sieht man nicht alle Tage. Du hast Glück, dass ich dich noch entdeckt habe, sonst hätte dich der Fuchs verspeist."

"So sieht also ein Fuchs aus?", dachte Thorsten sich.

"Wenn du magst, kannst du gerne mitkommen. Ich bin gerade auf dem Weg zum alten Joseph. Das ist links. Oder möchtest du wieder zurück in deinen Weiher?"

Thorsten überlegte. Wollte er tatsächlich zurück in den Weiher? Nein, das konnte er nicht mehr. Nachdem, was er getan hatte, gab es kein zurück mehr. Auch wenn er dann kein Prinz mehr sein würde. Thorsten spürte, dass seine Zukunft hier draußen stattfinden musste und nicht innerhalb der Grenzen seines Landes. Er wollte die Welt sehen. Also entschied er sich, Cyrille zu folgen. Nicht nur zum alten Joseph, sondern noch viel weiter.

Kapitel 10 - Hinauf ins Licht

Thorsten schreckte plötzlich aus seinem Tagtraum hoch. Ein Rufen, ein allzu Bekanntes, lockte ihn zurück in die Realität.

"Thorsten!", rief eine weibliche Stimme. "Thorsten! Etwas ganz Unheimliches passiert hier."

Er war sofort alarmiert. Der Frosch hüpfte geschwind aus seiner Höhle heraus, erkannte jedoch nicht sofort, was hier nicht stimmen sollte.

"Bine, du hast mich gerufen. Was ist los?"

"Hörst du es nicht? Dieses Pochen?", fragte Bine.

"Es macht mir Angst."

Sie versteckte sich hinter dem aufgeplusterten Rotkehlchen.

"Mach dir keine Sorgen, Bine.", versuchte Karla, sie zu beruhigen.

"Aber da ist irgendwas. Irgendwas im Haus. Nicht, dass Fritz etwas zugestoßen ist."

"Bine!", sagte Thorsten in tiefem Ton seiner musikalischen Stimme.

"Fürchte dich nicht! Ich habe geschworen, als höchster Geselle im Gartenrat alle unter meinen Fittichen zu schützen, die diesen Schutz bedürfen."

Nach einer kurzen Pause sprach Thorsten weiter.

"Das Gesetz schreibt es so vor, ich werde gehen und nachsehen, was es mit dem schauerlichen Pochen auf sich hat."

"Das musst du aber nicht alleine tun.", sprach Schwalbe. Sie war durch den Lärm wach geworden und auch Wurm stand nun neben ihr, in dieser dunklen warmen Frühlingsnacht am Ende eines herrlichen Maitages.

"Nein!", knüpfte Wurm nahtlos an Schwalbe an, "Denn wir werden dich begleiten."

Sie schlichen langsam an das Geräusch heran. Thorsten an erster Stelle und schaute aufmerksam hin und her. Das Geräusch schien aufgehört zu haben. Doch plötzlich, als Thorsten so umher wanderte, erhellte sich schlagartig die ganze Terrasse und das Pochen nahm wieder zu.

"Tack, Tatack", pochte es unregelmäßig.

"Sieh nur!", rief Wurm und schwang seinen Kopf nach oben.

Schwalbe und Thorsten schauten hoch und erblickten eine riesige Scheibe.

"Bitte helfen Sie mir, ich bin in Gefahr. Bitte helfen Sie mir!"

Eine große braune Motte, deren Flügel mit einem leichten Pelz bedeckt waren, so, dass es aussah, als hätte sie einen Pelzmantel an, flog hektisch immer und immer wieder gegen das Fensterglas.

"Bitte! Helft mir!", rief die Motte, "Ich habe es eilig, aber diese dicke Luft lässt mich nicht durch."

"Entschuldigen Sie, Herr Motte. Aber Sie fliegen vor eine Scheibe. Es ist Glas, nicht Luft.", korrigierte Wurm.

"Dann helft mir!"

Erschöpft sackte die Motte auf die Fensterbank.

"Ich kann nicht mehr. Ich will nicht mehr. Ich halt das alles nicht mehr aus. - Ich will doch nur hier raus."

Die Motte krächzte und war mit ihrer Kraft am Ende.

"Wir müssen der Motte helfen.", riet Thorsten.

"Aber wie?", erwiderte Wurm hektisch.

Es war schon sehr spät in der Nacht und das Gartenlicht war ausgeschaltet. Ob Fritz noch wach war?

Sie mussten ihn irgendwie aus dem Haus locken, sodass einer der Drei die Motte herauslotsen konnte.

Schwalbe überlegte. Wurm überlegte. Thorsten überlegte. Doch keiner hatte eine Idee.

"Dürfte ich den Herrschaften behilflich sein?"

Die Drei erschraken, doch nur zwei von ihnen wichen merklich davon.

"Guten Abend, Scotty.", begrüßte Wurm den grau-getigerten Kater.

"Eine wahrlich strahlende Nacht, nicht wahr? Die Sterne. - Wenn man aufmerksam nach oben schaut, kann man den Mars ganz wunderbar sehen. Obwohl er gar kein Stern, sondern ein Planet ist."

Wurm kannte das astronomische Verständnis Scottys nur allzu gut. Schon lange bevor er Schwalbe getroffen hatte, haben der Kater und Wurm auf Omas Terrasse den Nachthimmel beobachtet.

"Der Mars. Der rötlich-gelbe Wüstenplanet. Er wandert durch das Sternbild Zwilling und zwar im tiefen Nordwesten. Doch er ist nicht gerade der auffälligste Planet am Nachthimmel.", fuhr Scotty fort.

"Aber ich hörte, dass ihr gerade mit Anderem als unserem Nachthimmel beschäftigt seid. - Ist das richtig? Ihr wollt Fritz aus dem Bett jagen, vernahm ich. - In dem Fall kann ich behilflich sein.", schnurrte Scotty belustigt.

"Das wäre eine große Hilfe.", sagte Thorsten und hüpfte nach vorne, um sich bei dem Kater zu bedanken.

"Was ist denn dein Plan?", entgegnete Schwalbe.

"Nun, als Meister meines Faches, biete ich an, einen Blumentopf von der Mauer zu stoßen. Der Lärm wird Fritz bestimmt aus seinem Schlaf wecken!"

Wurm schaute ihn besorgt an.

"Und wenn das nichts nützt?"

"Dann... Das wird schon klappen."

Zuversichtlich umkreiste Scotty seine neuen Bekanntschaften.

Nachdem die Rollen verteilt, ein genauer Plan besprochen, die Motte informiert und alle auf ihrer Position waren, ging es los.

Die Motte hatte sich am äußeren Rand der Fensterbank, hinter einem Blumentopf versteckt. Sie saß startklar dort und wartete auf

Wurms Zeichen, der direkt neben der Tür lag. Er wollte der Motte ein Zeichen geben, sobald Fritz aus der Tür treten würde um nach Scotty zu sehen, der fleißig die Blumentöpfe umstieß und damit Radau veranstalten würde.

Doch was Schwalbe und Thorsten taten, sollte noch vorerst ein Geheimnis bleiben.

"Krachsz! - Radap! - Radau! - Kawumms!"

Es fing an. Scotty warf zu Beginn erstmal einen Blumentopf um und hämmerte mit seinem Schwanz auf einen Blecheimer.

Der Lärm, den Scotty mit dem Blecheimer veranstaltete, war unerträglich. Viel effektiver als der Blumentopf. Doch er hatte so großen Spaß, dass er weiterhin Tontöpfe auf den Boden pfefferte.

Nach einiger Zeit schien sich etwas im Haus zu bewegen. Der dämmrige Schein einer

Wandlampe leuchtete vom zweiten Stock in das Erdgeschoss.

Immer mehr Lampen wurden angezündet bis Fritz mit Schlafmütze und Bademantel in seinem Flur stand. Er kratzte sich an seinem Bart und schlüpfte in weiche Plüschpantoffeln.

Fritz hatte schon fast die Terrassentür erreicht; die Atmosphäre war angespannt.

Die Motte hatte sich auf ihre Startposition begeben und Wurm blickte aufmerksam auf die Tür. Der Schlüssel drehte sich im Schloss, der Hebel wurde nach unten gedrückt und die Tür öffnete sich. Fritz stand nun nicht mehr im Haus, sondern auf der Terrasse. Er lauschte dem Radau und ging um das Haus herum.

"Du dämlicher Kater, was machst du hier für einen Lärm. Verschwinde! Oder ich zieh dir das Fell über die Ohren!", schrie Fritz verärgert hinter Scotty her.

Die Situation war gelegen. Wurm gab der Motte ein Zeichen und so startete sie mit voller Energie in die Lüfte.

"Immer den Lichtern nach!", rief Thorsten, der auf der Schwelle von Terrasse und Garten saß und mit seiner Hand in Richtung Garten zeigte.

Dort hatten sich Scharen von Glühwürmchen zusammengefunden, die eine immer wieder aufflackernde Straße aus Licht formten. - Das haben Schwalbe und Thorsten gemacht: Glühwürmchen gesammelt.

Während die Motte aufgeregt den Lichtern folgte, rief sie ihren Rettern einige nette Worte hinterher.

"Danke! Vielen Dank! - Nennt mich Manfred! Manfred Bergamott! Und ich fliege nun zum MOND!"

Die Motte stieß einen Freudenschrei vollster Erfüllung aus, als sie in den sternenbedeckten

Mantel der Dunkelheit stieg und dem Mond immer näher kam.

"Thorsten! Wurm! Schwalbe!", rief Bine, als die Drei zurück zum Lagerfeuer kamen und fiel dem Frosch zugleich um den Hals.
"Ich habe mir solche Sorgen gemacht."
"Na na, Bine. - Es ist nichts passiert.", erwiderte Thorsten mit sanfter Stimme.
"Aber damit du beruhigt schlafen kannst, erzähle ich dir kurz, was geschehen ist."

Kapitel 11 - Cyrille Hérisson

Die Sonne ging soeben auf und die Wiesen der Gärten schliefen in Decken aus Tau. Nach einer nervenaufreibenden Nacht hat sich der Trubel wieder gelegt. Bine hatte beruhigt zu ihrem Stock zurückkehren und Schwalbe sich der Tatsache erfreuen können, einen Mottentraum möglich gemacht zu haben.

Jetzt saß Thorsten am Teich und meditierte.

"Guten Morgen!", rief Berthold, als er aus den Büschen der Nachbarschaft vorbeigeflogen kam und sich neben Thorsten gesellte. Doch der Specht bemerkte, dass Thorsten entspannte und schwieg. Er war der Meinung, man solle niemanden stören, der offensichtlich die gegenwärtige Ruhe genießt. Also wartete er höflich, bis Thorsten bereit war. Nach einigen Sekunden Stille wachte der Frosch aus seiner

Meditation auf. Berthold hatte einen Schatten auf Thorstens Gesicht geworfen und ihm damit unabsichtlich die wärmende Morgensonne verdeckt.

Hnah "Wer verdeckt mir denn da das Licht? - Ach du, Berthold! Du bist wieder zurück?"

"Du, ich habe dem Igel deine Nachricht vorbeigebracht."

"Ja, und?"

"Er wird in Kürze zu uns stoßen. Übrigens hat er sich sehr über deine Nachricht gefreut."

Bei diesen Worten wurden Thorstens Wangen rot.

"Gut, dann sollten wir schnell zu den Anderen stoßen."

Als Thorsten und Berthold wieder zum Lagerfeuer zurückkehrten, war bereits der ganze Gartenrat versammelt.

"Thorsten! Berthold! - Ihr habt uns gar nicht verraten, dass Cyrille vorbei kommt.", sagte Karla, während sie in Richtung Wiese zeigte.

Ein Bild der Glückseligkeit offenbarte sich. Ein Igel rannte mit seinen kleinen Pfoten durch die kleebedeckte Wiese, direkt auf den beisammensitzenden Gartenrat hinzu.

"Thorsten!", rief der tapsende Igel.

"Dich endlich wiederzusehen, welch eine Freude!"

Die beiden fielen sich überglücklich in die Arme, konnten sich nicht halten und purzelten lachend auf dem Rasen herum.

Wurm und Schwalbe schauten sich fragend an. Noch nie hatten sie etwas von einem Cyrille gehört. Doch dann fiel Schwalbe ein, dass es einen Igel gegeben hat, der einst Omas Tulpen zerdrückt hatte. Die runden Abdrücke, die die beiden im Klee sahen, passten sehr gut zu den

Abdrücken aus dem heimischen Blumenbeet. Ob dieser Cyrille und jener Igel das gleiche Tier waren?

Schwalbe vermisste Oma und erinnerte sich ebenfalls wieder an das, weshalb sie Wurm überhaupt hergebracht hatte: die Silberbrosche.

Plötzlich wurde Wurm hellhörig. "Silberbrosche?"

Schwalbe hatte wohl laut nachgedacht und ihn mit ihren Gedanken überrumpelt.

"Freunde! Ihr redet doch nicht etwa über die geklaute Silberbrosche?", stieß Thorsten an, als er mit Cyrille zu ihnen kam.

"Eine Silberbrosche?", fragte der Igel mit französischen Akzent neugierig.

"Die Brosche der alten Dame, sie wurde ihr gestohlen, als sie unsere Freunde beschützen wollte. - Es war Lutz, diese miese Ratte. -

Deshalb sind sie unter anderem auch hier.", erwiderte Thorsten.

"Wurm und Schwalbe sind hier, um die Brosche wieder zurückzuholen und sich an Lutz zu rächen."

"Deswegen sind wir hier? Wegen Oma?", fragte Wurm plötzlich empört. Er war tief verletzt, dass Schwalbe ihm das vorenthalten hat.

"Ich dachte, wir machen einen Ausflug. Einen Ausflug zu zweit. Aber du hast nur Oma im Sinn?!"

Wurm konnte diesen Betrug nicht fassen und kroch beleidigt davon.

"Wurm! Warte! Ich wollte dir doch nur helfen. Ich wollte dich doch wieder glücklich machen, nachdem Oma auf dein Vergissmeinnicht getreten war!", rief Schwalbe Wurm hinterher.

Doch das beachtete Wurm nicht. Er war schon zu nah an der Höhle und innerlich zu verletzt.

"Avaler.", meinte Cyrille zu Schwalbe, "Mache dir bitte keine Sorgen, ich spreche mit deinem Freund."

Der Igel betrat Thorstens Höhle, in die der Wurm gekrochen war.

"Geh weg!", rief Wurm trotzig. Er dachte wohl, es wäre Schwalbe, die den Raum betrat. Doch als er den Igel sah, verstummte Wurm und drehte sich um. Cyrille setzte sich neben Wurm auf Thorstens Bett und streichelte ihm tröstend über den Rücken. Sie saßen vorerst nur da und schwiegen. Es bedarf keiner Worte, um andere Leute zu beruhigen, dachte Cyrille, während er sich freundschaftlich an Wurm schmieg.

Draußen vor der Höhle standen Schwalbe und Thorsten, sowie die restlichen Ratsmitglieder nebeneinander. Die Stimmung war angespannt und unbehaglich. Keiner wusste, was er sagen sollte, nicht einmal Thorsten.

Sie standen alle beisammen und schauten in den wolkigen Morgenhimmel.

Alles war still, nicht einmal der Wind hatte Lust, etwas zu sagen. Doch in der Ferne war ein leises Zwitschern zu vernehmen.

Thorsten war alarmiert, denn er ahnte, was nun auf ihn zukommen könnte.

"Es ist der Eichelhäher!", meinte Berthold. "Hugo will uns warnen."

Das Zwitschern kam nun näher und wurde immer penetranter.

Auch die anderen Tiere merkten, dass etwas nicht stimmte, denn die Grashalme fingen heftig an zu wackeln, ohne dass Wind die Ursache war.

"Schnell! Folgt mir!", rief Thorsten und zog Schwalbe hinter sich her.

Hildegard sprintete los und trug Bine auf ihrem Rücken, Karla flog vorne weg und Berthold krallte sich Schneckhardt und setzte ihn anschließend auf einem Stein nähe des Teiches ab.

Schwalbe wusste nicht, was geschah.

"Was ist hier los?", fragte sie.

"Es ist so weit.", erwiderte Thorsten.

Schwalbe war immer noch verwirrt. Was war so weit? Warum standen sie nun am Teich und wer war Hugo?

"Ich denke, wir haben nun keine Zeit mehr, einen Schlachtplan zu entwickeln. Ich weiß zwar nicht, was er vorhat, aber er kommt. Und ich denke, er kommt nicht allein.", Thorsten blickte kalt in die Ferne und auch die Blicke der anderen Tiere waren finster.

Schwalbe versuchte aus dem Verhalten des Rates schlau zu werden. Sie verstand nicht, warum alle nur in Rätseln sprachen. Was wussten sie, was Schwalbe nicht wusste?

Sie überlegte und ging all ihr Wissen durch, das sie in der Schwalbenschule gelernt hatte. Plötzlich fiel es ihr ein.

Eichelhäher waren die Wachtiere des Waldes. Sie dienen als natürliches Warnsystem vor Gefahren; und wie waren die Worte von Berthold noch gleich? 'Hugo will uns warnen.'

Natürlich, deshalb waren sie und Wurm überhaupt hierher gekommen, deshalb war Omas Brosche gestohlen und Wurms Blume zertreten worden. Sie waren hier bei Thorsten, wegen dieser Gefahr.

Und diese Gefahr hieß Lutz. Lutz, die Ratte!

Schwalbe zitterte mit ihrem Schnabel und während sie allesamt wie die Zinnsoldaten heroisch auf der Empore des weiten, grünen Landes standen, bot sich ein Schauspiel, dessen Spielort ferner war, als erwartet.

Kapitel 12 - Verrat

Äste zerbrachen, Blätter flogen in die Höhe und Erde wurde in die Luft geschleudert. Dutzende von Ratten, mit Lutz und einer besonders breiten und großen Ratte, die eine Walnuss als Helmersatz trug, an der Spitze, stürzten sie aus der Hecke, direkt gegenüber dem Teich, wo die Freunde standen.

Doch zu aller Verwunderung, würdigten die fiesen Nager ihnen nicht einmal einen Seitenblick. Stattdessen rannten sie alle auf die Terrasse hinzu, an dessen Seite Fritz etwas Vogelfutter ausgestreut hatte. Dieser dreist geplante Raub hatte jedoch nicht vorgesehen, dass Scotty in der Nähe war.

Er stürzte sich auf einige Nager, während sie noch mitten auf der Terrasse waren.

"Es gibt kein Zurück!", schrie Lutz, als einige Ratten die Flucht ergriffen und sprang gegen Scottys Kopf. Der Kater miaute laut auf.

"Wir müssen Scotty helfen.", sagte das Eichhörnchen.

"Er wird es nicht alleine schaffen."

"Du hast Recht. Er wird verlieren…"

Thorsten wollte gerade seinen Satz beenden, da tauchte ein allzu bekanntes Gesicht auf: Edelmar. - Und Edelmar war nicht alleine.

"Wie ich sehe, sind hier alle brav versammelt.", stichelte Edelmar.

"Hast du dich doch für das Richtige entschieden.", brachte Bine schnippig zum Besten.

"Schnappt sie Männer!", befahl der Maulwurf.

Seine Gefolgsleute gingen auf den Gartenrat zu. Üblicherweise hätten sie allesamt die Maulwürfe besiegen können, doch war selbst Thorsten nicht in der Lage, klar zu denken.

"W-W-was soll d-d-das hier?", stammelte Schwalbe.

Edelmar lachte.

"Vielleicht solltest du dich einmal mit Thorsten unterhalten. Er weiß mehr, als er dir erzählt. - Die Mitgliedschaft im Gartenrat ist nicht so lohnend, wie du denken magst. Euch geht es hier blendend, doch außerhalb der Zäune. Was glaubst du, ist dort? Nichts als Staub. Lutz und ich haben hungrige Mäuler zu stopfen und sind alleine. Da muss man sich schon mal zusammenschließen. Der Rat hat immer nur meine Dienste genommen. Wir Maulwürfe haben nie etwas dafür zurück erhalten, dass wir alle Schädlinge aus diesem Lügenparadies fernhalten. Damit ist endgültig Schluss. Wir nehmen uns das, was uns rechtmäßig zusteht!"

Edelmar schrie seinen letzten Satz so sehr, dass er aus Übermut Thorsten schlug. Geschockt von seiner Tat wich der graue Maulwurf zurück. - Hätte er nur umsichtiger gehandelt.

Wurm und Cyrille standen nämlich seit einer Weile vor der Höhle und hatten alles beobachtet.

Wie ein wildgewordener Sturm rollte Cyrille auf Edelmar zu und warf Wurm, den er in seiner kugeligen Form eingeschlossen hatte, in die Luft. Wurm war starr wie ein Pfeil und brachte Edelmar zu Fall. Anschließend kümmerte sich Cyrille um die restlichen Maulwurfsgenossen. Er schlug jeden Einzelnen in die Flucht und befreite seine Freunde.

"Alles gut, mon ami?", fragte Cyrille Thorsten und gab ihm einen erleichterten Schmatzer auf die Stirn.

"Danke.", erwiderte Thorsten nur und umarmte Cyrille leidenschaftlich. - Ein Moment der Erholung war gegeben. - So plötzlich dieser Moment jedoch kam, ging er auch wieder.

"Thorsten! Wir müssen etwas gegen die Nagerflut tun. Wir müssen Scotty retten.", wand Cyrille ein.

"Und Omas Brosche wiederholen.", rief Wurm.

"Cyrille, geh du mit Wurm und Schwalbe die Brosche holen. Am besten folgt ihr den Maulwurftunneln!", Thorsten hielt kurz inne. "Sie haben sich zusammengetan, die Ratten und die Maulwürfe, wahrscheinlich war Edelmar vorher bei Lutz, um alles zu planen."

"Das ist eine wunderbare Idee.", erwiderte Wurm.

Schwalbe war froh und erleichtert, Wurm in solchem Eifer zu sehen, war es das Adrenalin oder die Überzeugungskraft Cyrilles?

Wurm, Schwalbe und Cyrille schlüpften in ein Maulwurfsloch, während sich der restliche Gartenrat auf die Unterstützung Scottys vorbereitete.

Thorsten rieb sich den Bauch, er hatte leichte Schmerzen, doch seine starke Froschhaut hatte die Auswirkungen des Schlages abgewendet.
"Nun, Freunde, es wird ernst.", begann Thorsten. "Doch wollen wir nicht zagen, sondern den Schritt zum Siege wagen!"
Der Rat war begeistert und jeder hatte sich ausgerüstet.
Thorsten trug die Kappe einer alten Eichel als Helm und hatte sich Schulterpolster aus

Baumrinde umgeschnallt. Berthold nahm ein Stück Leder, welches er in Thorstens Höhle fand und verwendete es als Brustpanzer; Schneckhardt hatte sich, damit er im Gewimmel erkannt werden konnte, glitzernde Steine auf sein Haus geklebt, ebenfalls aus Thorstens Höhle stammend.

Hildegard und Karla suchten einige noch ungeöffnete Kastanien mit Stachelhaut, die in einem Katapult als Munition dienen sollten.

Als sie dann wieder versammelt waren, zogen sie gemeinsam in die Schlacht.

Kapitel 13 - Im Gefecht

Der Kampf auf der Terrasse stoppte zwischenzeitlich, sobald der Gartenrat maschierend eintraf.

Alle Ratten schauten sie verängstigt an. Obwohl die Maulwürfe eine Niederlage gegen den Gartenrat erlitten hatten, kämpften einige Seite an Seite mit den Ratten. Nur Edelmar hatte sich gänzlich aus dem Staub gemacht.

Scotty schaute erleichtert in ihre Richtung. Er sah schlimm aus. Ihm fehlte an einigen Stellen das Fell und auch tiefe Kratzwunden waren zu sehen.

Eine kleine Ratte, die die Größe Karlas nicht überbot, hatte die Ankunft des Rates nicht mitbekommen. Sie stürzte sich hinterrücks auf Scotty und biss ihm in den Rücken. Der Kater schrie; Die Schlacht wurde erneut eröffnet.

Berthold stob in die Luft, nur um sich wie ein wildgewordener Pfeil in die Masse von Ratten zu stürzen. Scotty bäumte sich auf und schleuderte einige der mickrigen Nager gegen die Hauswand. Thorsten wollte Scotty zur Seite stehen, doch eine Monstrosität machte sich vor Thorsten breit und versperrte ihm den Weg.

Es war die Ratte mit einer Walnussschale auf dem Kopf. Sie stand auf ihren Hinterbeinen und hielt in ihrer Hand eine Keule. Diese bestand aus Tannenholz und war wegen ihrer Nadeln besonders pieksig.

Die Ratte schwang ihre Keule und schlug nach Thorsten. Dieser sprang zur Seite und griff einen Stock, sowie einen Kronkorken, den eine besiegte Ratte hatte fallen lassen.

Die Ratte brüllte. Thorsten machte sich zum Sprung bereit. Er umgriff den Stock fest und hielt den Schild vor seinem Gesicht. Die breite

Ratte war rasend vor Wut und schlug wild um sich.

"Bleib stehen!", schrie die Ratte wütend. "Stelle dich deinem Untergang, stelle dich deinem Verhängnis! Nie ist jemand Wumburs Zorn entkommen!"

Thorsten war zittrig zumute. Er hatte Angst, doch erinnerte er sich, wofür er hier kämpfte. Für Wurm, für Schwalbe und insbesondere für Cyrille.

Thorsten nahm all seinen Mut zusammen und atmete tief ein. Er wusste wie man kämpft, sein Vater hatte es ihm beigebracht.

Der kleine Grasfrosch wehrte einen erneuten Schlag von Wumburs Keule ab und brachte die dicke Ratte aus dem Gleichgewicht. Thorsten schoss seine Zunge in Richtung Keule und umgriff diese an einer Stelle, wo keine Nadeln mehr vorhanden waren. Er schwang um die dicke Ratte herum und verpasste ihr einen Schlag mit dem Stock. Wumbur taumelte rückwärts und fiel geschlagen auf den Rücken.

Thorsten hüpfte auf Wumburs Bauch und stürmte in eine Reihe von Maulwürfen.

In der Ferne konnte der mutige Kämpfer eine summende Traube erkennen, die den Himmel schwarz färbte und einige Nager umschloss.

Er freute sich, dass so viele Tiere, sogar der sonst friedliche Bienenschwarm, für die Zukunft des Gartens in den Kampf zog, auch wenn ihn der Gedanke trübte, dass viele Unschuldige in diesem Kampf verletzt werden würden.

Auf der anderen Seite der Terasse saß Schneckhardt auf einem Stein und wehrte Nager ab, die zu Karla und Hildegard durchdringen wollten, die ein Katapult bedienten.

"Karla, mehr Kastanien!", rief Hildegard und feuerte einige Nüsse in das Schlachtfeld.

Ihre Methode war sehr effektiv, denn so konnten selbst sie, als alte Ratsmitglieder die Schlacht unterstützen.

Doch langsam wurde auch der Kastanien- und Nussvorrat knapp.

"Ich kann sie nicht länger aufhalten!", bemerkte Schneckhardt ängstlich.

"Wir haben auch kaum noch Munition.", gab Karla zu.

"Zieht ihr Euch zurück!", befahl Schneckhardt den beiden. "Ich war jahrelang General in meiner Heimat. Ich übernehme das hier." Schneckhardt kroch eilig von seinem Stein, während Karla und Hildegard sich widerwillig zurückzogen. Aber hilflos wollten sie

Schneckhardt nicht zurücklassen und machten sich auf den Weg, um weitere Verbündete zu rekrutieren.

Kapitel 14 - Das Versteck der Ratten

Während der Gartenrat beschäftigt war, die Bedrohung, ausgelöst durch die Ratten und Maulwürfe, aufzuhalten, begaben sich Cyrille, Schwalbe und Wurm ins Versteck der Ratten. Schließlich hatten Wurm und Schwalbe noch eine Mission zu erledigen: Die Brosche von Oma wiederzuholen. Der fiese Lutz hatte sie ja zuvor gestohlen und da nun die Ratten beschäftigt waren, sollte es den Dreien gelingen, ohne großes Aufsehen zu erregen, die Brosche zurückzuerobern.

Trotzdem konnte überall noch Gefahr lauern. Deshalb schritten sie langsam und heimlich umher. Sie wanderten durch die verwirrenden Gänge und Wendungen des Rattenverstecks. Vereinzelt lag hier und da mal ein Stück Käse oder Brot auf dem Boden, doch die drei

Freunde mussten noch eine Weile umherirren, bis sie schließlich den Eingang zu einem interessanten Raum entdeckten. Wurm linste unbemerkt um die Ecke. Dort konnte er Funkeln und Glitzern sehen, dass von dem mysteriösen Raum auszugehen schien. Doch blöderweise lag eine dicke, pelzige Ratte genau vor dem Eingang. Sie schlief tief und fest. Deshalb hatte sie unsere Helden noch nicht bemerkt. "Hm, Käse, viel Käse!", hörten sie die Wache murmeln.

"Meint ihr, wir können einfach um ihn herumtänzeln?", fragte Wurm.

Sein Kriechen würde man bestimmt nicht hören und auch Schwalbe tippelte leicht wie eine Feder. Doch Cyrille? Ein unsicherer Blick wanderte durch den Raum.

"Ach, das kriegen wir schon hin! Ich werde bei sowas nicht erwischt! Ganz sicher!"

Wurm nickte etwas ungläubig und kroch voran. Erst er, dann Schwalbe und schließlich auch Cyrille. Er nahm ein wenig mehr Platz ein und striff die Ratte fast mit seinen Stacheln. Doch glücklicherweise hatte er recht behalten. Die Ratte schlief munter weiter.

Nun fanden sie sich in dem mysteriösen Raum wieder, den Wurm vorher durch das Funkeln identifiziert hatte.

"Das muss die Schatzkammer sein,", zwitscherte Schwalbe aufgeregt, "dass diese Fieslinge hier so viel Schmuck zusammengestellt haben. Wie viele alte Damen wurden wohl noch ihrer Schätze beraubt?"

Der Igel zog ein Taschentuch hervor und wischte sich kleine Kullertränen vom Gesicht. Währenddessen schauten sich Wurm und Schwalbe im Raum um. Sie sahen so viele Schätze, dass es schwer war, die Brosche ausfindig zu machen. Wurms guter Riechkolben irrte sich allerdings nie. Den markanten Geruch von Oma würde er nie verwechseln. - Eine Mischung aus Lavendel und Karamell. - So schnupperte er umher und siehe da, plötzlich, unter einem kleinen Haufen von Münzen und Kronkorken, kam die Brosche zum Vorschein. "Da ist sie ja!", rief er begeistert, doch mit gedämpfter Stimme. Schließlich wollten sie die Ratte am Eingang nicht wecken. Cyrille kam angetappst und zog behutsam die Brosche hervor. Doch dadurch sorgte er unwissentlich dafür, dass ein paar Münzen hinunter schepperten. Aus den wenigen wurden viele und plötzlich standen sie in einem Chaos aus Schmuck.

"Uffa!", flüsterte Cyrille leise. Dabei schaute er beschämt auf den Boden. Seine besten Tage waren wohl auch langsam vorbei.

Plötzlich hörten sie die laute und kratzige Stimme der Wache aufschreien.

"Wer macht denn hier so einen Lärm! Larry, bist du das?"

Er kam mit kräftigen Schritten in die Kammer und staunte nicht schlecht, als er einen Igel, eine Schwalbe und einen kleinen Wurm inmitten der Schatzkammer zu Gesicht bekam.

"Wer seid´n ihr Halunken?", brummelte er.

"So welche wie ihr hab ich hier ja noch nie gesehen."

Cyrille schluckte laut.

"Wir sind die Praktikanten."

Die Ratte lachte herzhaft.

"Ihr seid ja witzig. - He! Wolltet ihr etwa das Ding da mitnehmen?"

Wurm und Schwalbe zitterten.

"Nein, natürlich nicht!", antwortete Cyrille. Er räusperte sich.

"Wir wollten den Schatz nur begutachten. Wir sind doch hier im Museum für antike Kunst oder nicht?"

Die Ratte schaute blöd drein.

"Museum für wat?"

"Oh, dann sind wir hier wohl falsch! Wurm, Schwalbe, lasset uns gehen."

Er hielt einen Moment inne, dann schoss Cyrille mitsamt der Brosche im Mund davon, doch er kam nicht weit, denn eine weitere Ratte plumpste von der Decke hinunter, direkt vor Cyrilles Pfoten.

"Jumbo! Wat is' denn hier los?", sagte die etwas dünnere Ratte, während sie versuchte, sich aufzurichten. Dummerweise war sie nämlich genau auf den Rücken gefallen.

"Huch, Besuch?"

Eine neue Ratte gesellte sich durch den Haupteingang hinzu.

"Wer sind denn die Witzfiguren?", fragte sie.

"Also nu..."

Jumbo schien etwas überfordert. Er hatte wohl nie damit gerechnet, dass während der Abwesenheit der anderen Ratten tatsächlich jemand in ihre Schatzkammer eindringen würde. Cyrille machte einen Schritt zurück und spuckte die Brosche kurzzeitig aus, um seine Stimme zu erheben.

"Ich glaube, nun kommen wir nur noch mit Ehrlichkeit weiter. Meine reizenden Mitbewohner des Waldes.", sprach er die drei versammelten Ratten an. "Diese wunderbar glänzende Brosche wurde einer reizenden alten Dame rücksichtslos entwendet. Seit jenem Tag sitzt sie trauernd in ihrem Heim und kann keine Freude mehr empfinden. Meine charmanten Kameraden und ich sind pflichtbewusst losgezogen, um die Brosche zurückzuholen. Und dies erfüllt uns mit tiefem Stolz. Falls wir hier und heute sterben sollten, wisset, dass ihr Schuld daran habt, dass eine unschuldige Dame in unendlicher Trauer ist. Könnt ihr mit dieser Schuld leben?"

Cyrille war erneut den Tränen nahe.

Doch nicht nur er, auch die Ratten schluchzten und wischten sich mit ihren Pfoten die Tränen aus den Augen.

"Das ist wirklich traurig.", jammerte Larry, die Ratte, die von der Decke gefallen war.

"Wie kann man nur so herzlos sein!", brachte Jumbo empört hervor.

Dann wichen die Ratten zur Seite und machten Platz für Schwalbe, Wurm und Cyrille. Die dritte Ratte, die als letztes dazu gekommen war, stand auf zwei Füßen und salutierte vor den Helden.

"Geht eurer Pflicht nach!", sagte sie mit ergriffener, zarter Stimme.

Nur Schwalbe war das Ganze nicht geheuer. "Moment mal! Seid ihr nicht diejenigen, die all das hier gestohlen haben?"

Die drei Ratten schauten sich gegenseitig an. Dann erhob Jumbo das Wort.

"Also die Dinger da, mit denen habe ich nichts zu tun. Das waren die anderen Ratten."

"Die anderen?", fragte Schwalbe verwirrt.

"Ja, die haben uns hier einfach zurückgelassen." Jumbo klang betrübt.

"In letzter Zeit ist Lutz viel zu gierig geworden. Der sammelt mit den Anderen Schmuck und sowas, dabei sollte der doch nur Nahrung für uns besorgen. Man, ich will doch nur meinen Käse!"

Die Ratten nickten sich zu.

"Geizkragen!", riefen sie alle im Chor.

"Und warum wehrt ihr euch dann nicht?", fragte Wurm.

"Was sollen wir drei Ratten denn schon gegen die Anderen ausrichten? Die machen uns doch alle platt.", antwortete Jumbo.

"Wer sagt denn, dass ihr alleine seid?", erwiderte Cyrille mit aufgeweckter Stimme. Seine Trauer war verschwunden.

"Schließt euch doch uns an und verhindert, dass diese Fieslinge noch mehr Unheil über unsere Heimat bringen. Denkt nur an all die alten Damen!"

Larry und die Ratte am Eingang schauten sich verunsichert an. Dann erhob Jumbo erneut die Stimme.

"Dann soll es so sein! Mein stacheliger Freund, du hast Recht. Wir können nicht länger zusehen, wie der Ruf des Rattenvolks beschmutzt wird. Kämpft für Recht und Ordnung, selbst wenn das unser Leben fordert! Zieht in den Krieg!"

Anschließend banden sich die drei Ratten ein Münzgestell um ihre Hüften und boten auch Wurm, Schwalbe und Cyrille einen Schutz aus dieser goldenen Kostbarkeit an. Nun waren sie zu sechst. Ausgerüstet und mit Omas Brosche im Gepäck machten sie sich auf. Hin zum Gefecht, um die Unruhestifter zurechtzuweisen. - Und für den Käse natürlich.

Kapitel 15 - Finale

Während sich Wurm, Schwalbe und Cyrille, samt Brosche, Münzrüstung und neuen Freunden dem Garten näherten, hörten sie lautes Stimmengewirr, stammend aus Fritz Garten.

"Wir müssen uns beeilen!", rief Cyrille zu seinen Mitstreitern, die einige Meter zurücklagen.

"Wir sind schon viel zu lange weg gewesen! Es ist schon später Mittag, unsere Freunde müssen fast am Ende sein!"

Cyrilles kurze Beine überschlugen sich regelrecht, so schnell war er. Aber nicht nur der Igel rannte los, auch die Ratten legten einen Affenzahn zu, damit sie nicht endgültig zu spät kommen würden.

Schwalbe flatterte eilig mit Wurm auf dem Rücken über die Landläufer hinweg und kam als erstes in Fritz Garten an.

Jenes Bild, das sie zu Gesicht bekamen, war markerschütternd. Überall im Garten verteilt lagen Federn, Fellfetzen und zerbrochene Zweige. Viele Kameraden von Wurm und Schwalbe lagen geschlagen am Boden. Einige schauten betrübt drein. Währenddessen schien es nur wenige besiegte Ratten und Maulwürfe gegeben zu haben. Auch Scotty, der am stärksten von dem Angriff betroffen war, war nicht mehr zu sehen.

Die Ratten schienen im Gegensatz zu den Verbündeten des Gartenrates quicklebendig. Man hörte ihre spitzen Stimmen in der Ferne jubeln.

"Sieh nur!", rief Wurm und zeigte Richtung Terrasse.

Man sah, wie ein paar Vögel, darunter eine Elster und zwei Zaunkönige, verbittert gegen eine Horde von mindestens zehn Ratten kämpften. Doch es schien aussichtslos.

Berthold schaute auf. Der Specht saß fernab des Gefechtes auf einem Zaun. Er sah Schwalbe am Himmel und kurz darauf auch Cyrille, der seinen runden Körper durch einige Äste quetschte.

"Vorsicht! Cyrille!", rief Berthold, der vom Schlachtfeld auf sie zugeflogen kam, während er Jumbo mit seinen Flügeln einschüchterte. Auch Berthold schien mit seinen Kräften am Ende zu sein.

"Nein! Nicht! Berthold!", rief Wurm. "Jumbo ist unser Freund!"

"Aber er ist doch eine fiese Ratte! Wurm, nimm dich bloß in Acht!"

Wurm schüttelte daraufhin den Kopf.

"Nein, er möchte uns helfen! Er findet das Verhalten von Lutz ebenfalls verwerflich!"

Berthold war nicht ganz überzeugt. Dass eine Ratte auch gut sein konnte, das kam ihm spanisch vor.

"Na gut, wenn du es sagst. Ich werde mich zurückziehen, und ihr solltet es auch tun. Wir können nichts mehr ausrichten."

Die drei Münzratten atmeten auf.

"Also los, worauf wartet ihr noch? Sind wir nicht hergekommen, um Lutz einen auf den Deckel zu hauen?", erwiderte Larry.

Cyrille nickte.

"Er hat Recht, wir dürfen uns nicht entmutigen lassen. Wir können noch gewinnen!"

Während sie sich voller Eifer zum Versammlungsort der Ratten und Maulwürfe begaben, blieb Cyrille stehen und erblickte einen verwundeten und sehr erschöpften Grasfrosch, der entmutigt auf einem Stein saß.

"Thorsten!"

Cyrille lief auf seinen Freund zu und umarmte ihn.

"Du lebst, mon ami, du lebst!"

Während Cyrille sich freute, konnte Thorsten keinen Funken Freude aufbringen.

"Wir haben versagt.", sagte er. "Ich habe in meiner Aufgabe versagt. Die Ratten haben über den Garten gesiegt…"

"Aber Thorsten!", rief Cyrille ergriffen.

Der kleine Frosch traute sich nicht, seinem Freund in die Augen zu schauen.

"Lutz Armee ist zu stark, es sind zu viele. Sie haben uns überrumpelt. Zwar haben wir bereits Verstärkung bekommen, doch ich habe wenig Hoffnung, dass die Vögel das Blatt wenden können. Wir haben all unsere Trümpfe ausgespielt."

Cyrille schüttelte den Kopf.

"Unterschätze niemals einen Igel, mein Freund. Mit der Hilfe von neuen Verbündeten werden wir Lutz die Stirn bieten! Bislang haben wir es doch immer aus solchen Situationen geschafft!"

Thorsten blieb ungläubig.

"Vielleicht ist es diesmal anders... Vielleicht gewinnen wir diesmal nicht."

Cyrille gab seinem Freund einen sanften Kuss auf die Wange und drehte ihm den Rücken zu.

"Thorsten, wenn ich wiederkehre, haben wir die Schlacht für uns entschieden! Bis dahin, Kopf hoch!"

Dann tippelte der Igel davon und folgte dem Weg seiner Kameraden.

Als der Igel bei ihnen ankam, war der Kampf beendet. Die letzten Vögel hatten sich geschlagen gegeben und die Ratten, sowie die Maulwürfe verkündeten stolz ihren Sieg am westlichen Rande des Gartens, in der Nähe eines Baumstupfes, inmitten hohen Grases.

"Wurm, Schwalbe, wo sind denn die Münzratten hin?"

Er schaute sich eifrig um, konnte sie jedoch weit und breit nicht erblicken.

"Sie sind vorgegangen. Jumbo meinte, dies sei eine Sache, die Ratten unter sich regeln müssen.", sagte Schwalbe.

Leise schlichen die drei zum Baumstumpf. Glücklicherweise wurden sie von keiner Ratte entdeckt. Von sicherer Entfernung aus konnten sie auf das Geschehen blicken.

"Meine lieben Freunde!", sprach Lutz die Ratten, die sich um den Baumstumpf versammelt hatten, an.

"Nun, endlich, nach langer Zeit voller Hass und Ablehnung, haben wir etwas erreicht, etwas, was sich keiner von uns jemals hätte erträumen können. Wir. Haben. Gesiegt!"

Tosender Applaus strömte von den Ratten in Richtung Lutz und auch die Maulwürfe waren begeistert.

"Es kommt nun eine Zeit, in der wir nicht hungern, nicht leiden müssen. Es kommt eine Zeit, da wir Gerechtigkeit erfahren! - Von nun an, nennt mich König. König Lutz, der vereinigten grünen Lande!"

Dann wird er plötzlich unterbrochen.

"Du bist kein König!"

Jumbo kam zum Vorschein, gefolgt von Larry und Tilda, den anderen beiden Münzratten. Er schaute Lutz mit einem mahnenden Blick an.

"So lange ich noch da bin, wirst du niemals ein König sein!", wandte er sich zu Lutz Gefolgsleuten.

"Schaut euch ihn doch nur mal an! Er klaut Schmuck von hilflosen alten Damen! Sieht so etwa ein König aus?"

Lutz war von Jumbos Auftreten sichtlich irritiert.

"Was machst du denn hier? Du solltest doch auf unsere Schätze aufpassen. Zusammen mit den anderen Pappnasen. Geh zurück und hör auf, hier solche Reden zu schwingen.", antwortete er schnippisch.

Doch Jumbo blieb standhaft.

"Lutz, du nennst dich zwar König, aber ich wette, du hast gegen keinen Einzigen hier auf diesem Schlachtfeld gekämpft. Das hast du die Anderen für dich machen lassen, nicht wahr?"

"Ach Papperlapapp, natürlich habe ich mitgekämpft! Ich hab doch recht, Wumbur?"

Die dicke Ratte schaute ihn fragend an.

"Ähm, naja, also eigentlich..."

Dann erhob Lutz wieder die Stimme.

"Na sag ich doch! Also nun hau ab!"

Das brachte Jumbo zum Lachen.

"Alles klar, ehrenwerter Lutz, dann wird es sicherlich auch kein Problem für dich sein, in einem Kampf gegen mich anzutreten."

"Was? Ein Kampf, als ob ich gegen einen, wie dich kämpfen würde.", sagte er mit leicht nervöser Stimme. Doch zu seinem Pech fingen die anderen Ratten an, ihn anzufeuern.

"Lutz, Lutz, die Königsratt', mach den Verräter platt!", riefen sie.

Dann trat Jumbo noch ein paar mehr Schritte vor.

"Wag es nicht! Wenn du noch einen Schritt weiter gehst, dann wirst du das bitter bereuen!", rief Lutz, nun noch mehr verzweifelt.

Doch wurde er von den umherstehenden Ratten leicht nach vorne geschubst.

Lutz stand nun wenige Zentimeter vor Jumbo. Sein Körper zitterte am ganzen Leib, denn Jumbo hatte viel Kraft.

Schließlich brauchte es nur eine satte Kopfnuss seitens Jumbos und der falsche König lag geschlagen auf dem Boden. Die jubelnden Rufe der Ratten wandelten sich in verwirrtes Murmeln um.

Jumbo tappste zu dem Platz, wo sich Lutz voreilig zum König und Sieger ernannt hatte.

"Wie ihr seht, ist euer König nicht wirklich würdig, euch anzuführen. Er kann ja nicht einmal gegen seine eigenen Untertanen ankommen. Somit bitte ich euch, lasst den Hass sein. Gebt den gestohlenen Schmuck zurück und entschuldigt euch bei jenen, denen ihr Schaden zugefügt habt. Ja, die Zeiten sind schwer, ihr habt Hunger, wollt Käse. Ich auch, aber andere deshalb hinterrücks anzugreifen, ist keine Lösung. Lasst uns mit dem Gartenrat reden und wir werden eine Lösung finden. Denn, wie auch ich feststellen musste, sind jene Garten- und Waldbewohner, die wir hassten, liebevolle und freundliche Gesellen."

Dann erhob sich Wumbur.

"Ich muss zugeben, Jumbo, du hast mich mit deinem geschickten Gegenschlag beeindruckt. Ich halte zwar immer noch nichts von diesen Gartenratspfeifen, aber genug Zerstörungswut. Dies kann auf lange Sicht auch nicht die Lösung sein. Lasst uns abziehen."

Wumbur folgten die restlichen Ratten und auch Maulwürfe Richtung Gartengrenze. Nur Jumbo,

Larry und die dritte Münzratte Tilda blieben zurück, bei Wurm, Schwalbe und Cyrille.

In den darauffolgenden Tagen erholte sich der Garten. Die Ratsmitglieder und weitere Mitstreiter, die tapfer gegen Lutz' Armee gekämpft hatten, wurden wieder munter und verlorengedachte Freunde erneut in die Arme geschlossen.

Trotzdem war der Anblick des Gartens ein reines Trauerspiel. Die Blumen, die einst so bunt geblüht hatten, waren grau vom aufgewirbelten Staub oder grausig herausgerissen worden.

Wumbur und einige andere Ratten, die zur Anerkennung ihres neuen Königs sich ebenfalls Münzen umgebunden hatten, halfen bei der Räumung verletzter Genossen und zerstörten Naturgütern mit.

Thorsten war jedoch nicht mehr der Alte. Er war immer noch sehr mitgenommen und konnte nur langsam die Freude, die er einst mit jeder Silbe versprühte, zurückerlangen.

Schneckhardt war nach dem Kampf besonders übel zugerichtet. Der alte Kriegsveteran ist wohl einfach zu geschwächt und zu langsam für den Kampf gewesen. Sein zersplittertes Schneckenhaus musste behutsam mit Bienenwachs geklebt werden und aufgrund seiner schweren Verletzungen entschied er sich schließlich dazu, in den wohlverdienten Ruhestand zu gehen. Auch Hildegard zog sich aus dem Gartenrat zurück, um sich von der Auseinandersetzung zu erholen.

Selbst, wenn der Gartenrat nun Mitglieder verloren hatte, gab es neue Gesichter zu begrüßen, die die entstandenen Lücken füllten.

Wurm und Schwalbe erhielten feste Plätze in den Reihen rund um Thorsten. Sowie Cyrille, der sich entschieden hatte, vorerst bei Thorsten zu bleiben. Er erkannte, wie wertvoll Freundschaft und die Zeit, die man mit geliebten Menschen hat, war.

Kapitel 16 - Ein Fest

Es war Sonntag. Vier Tage nach Ende der Schlacht. Thorsten fand langsam wieder in seinen alltäglichen Rhythmus zurück. Dies hatte er vor allem Cyrille zu verdanken. Er lenkte seinen Freund von all dem Schmerz und den düsteren Gedanken ab.

Sie waren gemeinsam spazieren gegangen und wollten Waldmeister im Wald sammeln gehen. Auf ihrer Erkundungstour im tiefen Grün begegneten sie Berthold, mit einem Brief in seinem Schnabel.

Cyrille nahm den Brief an sich, wusste jedoch nicht, von wem dieser stammen könnte.

Als sie mit dem Sammeln fertig waren, gingen sie nach Hause.

Zurück im Garten, las der Igel den Brief seinen Freunden vor.

Liebe Gartenfreunde,

Wir haben uns mittlerweile in unseren Reihen auf Augenhöhe verständigt und alle Anliegen geklärt.

Ich möchte Danke sagen. Danke für Eure Hilfe.

Endlich gibt es Frieden im Rattenreich.

Als Zeichen unserer Dankbarkeit und dem Beginn einer neuen Freundschaft, möchte ich Euch heute zu einem Festessen im Wald, an unserem Schloss, einladen. Bringt jeden mit, der kommen mag.

Liebster Gruß
Jumbo

Die Ratsmitglieder und Gartenfreunde waren begeistert. Ein Fest! Wie grandios.

Thorsten freute sich so sehr, dass er sofort anfing, den Waldmeister zu feinem Gelee zu verarbeiten, einen frischen Himbeerkuchen zu backen und seinen besten Anzug zu bügeln.

Dieser Anzug war ein Geschenk von einem alten Sperlingskauz gewesen, den Cyrille und Thorsten auf ihrer Abenteuerreise angetroffen hatten.

Die Farbe war von einem starken Blau in ein schwaches Grau umgeschlagen, was aber besser mit Thorstens bräunlicher Froschhaut harmonierte.

Auch Cyrille hatte sich schick gemacht. Er trug einen niedlichen, runden Strohhut und eine violette Fliege.

Am Nachmittag traf sich der Gartenrat erneut vor Thorstens Höhle und gemeinsam, festlich gekleidet und mit Speis oder Trank bepackt, machten sie sich auf zum Schloss Nagerstein.

Das Schloss erstreckte sich am Rande einer großen Lichtung im Wald. Fernab hörten die Gäste wildes Hufgetrappel, stammend von umherziehenden Rehen.

Vor dem Schloss, das durch einige Findlinge dargestellt wurde, standen eine Reihe von Tischen.

Licht schien aus dem Gebäude an vereinzelten Stellen auf den Waldboden, doch die größte Lichtquelle war eine Lichterkette, die zwischen den Bäumen gespannt worden war.

"Willkommen. Willkommen!", begrüßte Jumbo Cyrille und die anderen Gartenfreunde herzlich.

"Welch eine Wonne, dass euch mein Brief erreicht hat. Zum Glück traf Wumbur Berthold bei seinem morgendlichen Spaziergang. Sonst wären meine Pläne alle zunichte gewesen."

Jumbo lachte höflich und führte seine Gäste zu den Tischen. Er pfiff lautstark und alsbald kamen ein halbes Dutzend Ratten aus den Steinen hervorgekrabbelt, um den Freunden ihre Geschenke und Speisen abzunehmen.

"Alles selbstgemacht.", sagte Thorsten zu Tilda, als sie ihm den Kuchen und das Gelee abnahm.

"Das riecht wahrlich köstlich. Danke dir, Frosch.", sagte Tilda und drückte Thorstens Hand. Er lächelte.

Auch Schwalbe hatte gemeinsam mit Wurm etwas mitgebracht. Löwenzahnsalat.

Dieses Rezept hatte sie vor langer Zeit bei Oma aufgeschnappt, als diese es einer Nachbarin erzählt hatte.

"Freunde! Ich heiße euch nun ganz offiziell, hier, auf Schloss Nagerstein, willkommen. - Soll dieses Fest eine Brücke zwischen den Tieren des Waldes und denen der Gärten schlagen!"

In den positiven Beifall der Gartentiere stimmten die Waldbewohner ein und das Fest war eröffnet.

Auf den Tischen standen nun etliche Speisen und Getränke, die entweder von den Garten- oder Waldfreunden stammten. Cyrille entdeckte neben vielen Leibern Käse, Kuchen und Limonaden, auch einige fleischige Leckereien, wie Pasteten.

Er saß neben Thorsten und Wumbur, zusammen mit Jumbo, Tilda und Fridolin, einer Wühlmaus, an einem Tisch. Sie alle aßen und tranken, lachten und sprachen miteinander und es herrschte rege Glücklichkeit.

Sie alle waren anwesend: Wurm und Schwalbe, aus Omas Garten, der ursprüngliche Gartenrat nur ohne Edelmar, die Herren von Schloss Nagerstein, Hugo, der Eichelhäher mit seiner Familie, einige Maulwürfe, Mäuse und Käfer, die teilweise fremd und doch so nah waren und Herr Koi, den einige Ratten mithilfe eines Glases, in den naheliegenden Waldbach gebracht hatten, der direkt neben dem Schloss mündete. Es war ein einziges, freudiges Spektakel.

"Herr Thorsten", sprach ihn Fridolin an, der ein Törtchen mit Waldmeistergelee verspeist hatte, "sie sind ein wahrlich begnadeter Koch. Ich habe lang nicht mehr ein so vorzügliches Geschmackserlebnis gehabt, wie bei dem Verzehr Ihres Gelees."

Thorsten schaute verlegen. Er hatte nicht mit einem solchen Kompliment gerechnet.

Plötzlich hielt ihm jemand eine kleine, pelzige Pfote entgegen. Es war Cyrille, eleganter denn je.

"Dürfte ich drum bitten?", fragte er, während sein Blick gleichzeitig zur Tanzfläche wanderte, an deren Rande ein Chor von Singvögeln für Musik sorgte.

hnah "Aber Cyrille... Du weißt doch, ich habe zwei linke Füße.", antwortete Thorsten verlegen. Dennoch nahm er die Einladung seines Freundes an.

Die beiden führten trotz ihres Größenunterschiedes einen erheiternden Tanz auf. Thorsten machte zwar hier und da ein paar kleine Fehler, doch er und Cyrille konnten am Ende freudig darüber lachen.

Auch Schwalbe und Wurm beobachteten die Tanzeinlage ihrer Freunde gespannt und entschlossen, ebenfalls ein kleines Kunstwerk aufzuführen.

"Wurm!", rief Schwalbe ihrem Freund zu. Sie stob in die Höhe, drehte sich schwindelerregend und ließ sich in die Tiefen des Waldes fallen. Wurm wusste, was Schwalbe vor hatte. Er kroch von seinem Stuhl in die Mitte der Tanzfläche und streckte seinen ganzen Körper in die Luft.

Schwalbe nahm wieder Fahrt auf und flog nun auf Wurm zu. Dieser schwang sich, als Schwalbe bei ihm angekommen war, im Flug um Ihren Hals und landete sicher auf ihrem Rücken.

Die Menge flippte aus und tosender Beifall prasselte auf alle vier Künstler ein.

Schwalbe umkreiste mit Wurm auf dem Rücken noch ein paar Male den Ort des Geschehens, bis sie neben Cyrille und Thorsten zum Stehen kam.

Sie standen alle nebeneinander und umarmten sich.

Es war das letzte Mal für die kommende Zeit, dass sie so nah beieinander stehen würden, denn neben all dieser großartigen Freude, hatten Wurm und Schwalbe etwas zu erledigen. Sie mussten immer noch Oma ihre Brosche überreichen.

Jumbo kam nun zu den vier Gartenfreunden auf die Tanzfläche und beruhigte die tosende Menge.

"Liebste Gäste! Ich möchte mich nun noch einmal an Euch richten. Es macht mich unheimlich glücklich, unsere Heimat mit so einem Zusammenhalt, mit so einer Freude zu erleben. Ich selbst kenne die Wonneproppen, die neben mir stehen, erst seit einigen Tagen und doch fühlt es sich an, als wären wir eine Familie. Eine Familie des Friedens, der Freundschaft und der Liebe. - Erhebet Eure Gläser und lasst uns auf Wurm, Schwalbe, Cyrille und Thorsten anstoßen, die uns und vor allem mir die Augen für das Gute geöffnet haben."

"Hipp Hipp Hurra!", rief Wurm in die Menge und diese erwiderte die Worte mit einem gefühlsvollen Gläserklirren.

Nach einer kurzen Pause ergriff Thorsten das Wort.

hnah "Jumbo! Mein guter, neuer Freund Jumbo.", sprach Thorsten mit seiner beruhigenden Stimme.

"Auch von mir geht der größte Dank aus. Der Konflikt mit Lutz hat mich stark mitgenommen, aber dein Gefühl für das Zwischenmenschliche hat mir Kraft gegeben.

Deshalb habe ich beschlossen, dich als meinen Stellvertreter zu ernennen. Du hast Mut und Entschlossenheit demonstriert und gleichzeitig Gnade walten lassen. Die Entscheidung, Lutz am Leben zu lassen und dafür nur zu verbannen, hätten nicht alle treffen können." Willkommenheißend überreichte Thorsten Jumbo einen Stein, auf dem eine Rune zu sehen war. Es war ein Kreis, umgeben von vier Punkten, das Zeichen des Gartenrates. - es symbolisierte Vertrauen, Unterstützung und Zusammenhalt. - Jumbo nahm dieses äußerst wertvolle Geschenk gerührt entgegen.

Kapitel 17 - Auf Wiedersehen

Irgendwann war dann doch die Zeit gekommen, die Party zu verlassen; Wurm und Schwalbe mussten aufbrechen. Sie waren lange weggewesen und Wurm vermisste seinen Blumentopf sehr.

Als der nächste Tag angebrochen war, standen Wurm und Schwalbe auf und machten sich bereit für den Nachhauseweg. Doch sie waren nicht die Einzigen, die schon wach waren, denn all ihre Wegbegleiter standen vor Thorstens Höhle, um auf Wiedersehen zu sagen.

So verabschiedeten und bedankten sie sich bei Thorsten, Cyrille und allen anderen Gartenbewohnern für den warmen Empfang und all die herzliche Unterstützung, die sie genossen hatten.

Wurm hüpfte auf Schwalbes Rücken und hielt sich gut fest. Dann stiegen sie gemeinsam in die Lüfte. Der Gartenrat winkte ihnen zu und auch Wurm wedelte freundlich mit seinem Schwanz hinterher.

Thorsten beobachtete sentimental, wie die beiden über der Gartenmauer verschwanden. Das war sicherlich nicht das letzte Mal, dass er Wurm und Schwalbe sehen würde, aber aller Abschied ist nunmal schwer. So kullerten ihm, und wie er sehen konnte, auch Cyrille und vielen weiteren Freunden Tränen die Wangen hinunter. Dann hopste er nach vorne und rief laut winkend in den Himmel hinein.

"Freunde! Adieu! Macht es gut!"

Er wusste nicht, ob die beiden es noch hörten, aber es fühlte sich in dem Moment richtig an.

Als Schwalbe in Omas Garten landete, konnte sie erblicken, wie sich die alte Dame bereits auf einem Gartenstuhl niedergelassen hatte und das schöne Wetter genoss. Neben ihr auf dem Tisch standen eine Tasse Tee und ein kleines Büchlein.

Oma schreckte hoch, denn die Backofenuhr hatte gepiepst. Das konnte nur eins bedeuten: Frischer Rhabarberkuchen.

Schwalbe saß gemeinsam mit Wurm auf dessen Turm und aß ein paar leckere Sonnenblumenkerne. Sie beobachteten, wie einige Hummeln die Blumen nach Nektar abflogen und Marienkäfer Omas Rosenstiele heraufkletterten.

Nach einigen Minuten kam Oma Waltraud zurück aus ihrem Haus und hatte einen Teller mit frischem Rhabarberkuchen und Schlagsahne darauf in der Hand.

Sie setzte sich wieder auf ihren sonnenbeschienen Stuhl und wollte gerade ein Stück ihres Kuchens kosten, da bemerkte sie die beiden Freunde.

"Guten Morgen ihr beiden.", begrüßte die alte Dame Wurm und Schwalbe.

"Euch habe ich ja lange nicht mehr in meinem Garten gesehen. Ich dachte, euch wäre vielleicht etwas zugestoßen."

"Uns doch nicht!", erwiderte Wurm etwas empört, jedoch bekam dies nur Schwalbe mit.

Schwalbe nahm Wurm auf ihren Rücken und flog zu Oma, auf die gegenüberliegende Seite des Tisches, wo ein zweiter Stuhl stand. Schwalbe landete auf der Lehne.

Oma schaute Schwalbe nun genauer an, während sie schwärmerisch ihr erstes Stück des Rhabarberkuchens probierte.

"Was hast du denn da im Schnabel, kleiner Freund?", fragte Oma und meinte die Brosche, die Schwalbe festhielt.

Schwalbe hüpfte einige Male näher zu Oma, bis sie direkt vor dem Teller stand. Dann ließ Schwalbe die Brosche auf den Teller plumpsen. Es klirrte.

"Meine Brosche!", erfreute sich Oma lautstark, "Die Brosche von meinem Vater! Ihr habt sie wiedergeholt!"

Die alte Frau sprang auf vor Freude, tanzte sogar ein wenig und hob Schwalbe samt Wurm in die Höhe.

"Wie habt ihr denn die Brosche wiedergefunden?", wollte Oma wissen, als sie die beiden wieder auf den Tisch setzte?

Schwalbe überlegte, wie sie Oma am besten von ihrer Reise erzählen konnte, legte ihren Kopf zur Seite, wusste sich aber keinen Rat.

"Was frage ich euch bloß, wenn ihr mich sowieso nicht hören könnt.", meinte sie ein wenig betrübt.

Oma Waltraud stand auf, ging zu ihrer Terrasse und holte unter einer steinernen Bank, die an der Seite stand, eine schöne Kristallvase hervor. Sie befüllte die Vase mit ein wenig Wasser und sammelte ein paar Blumen im Garten, dessen Stängel sie in diese Vase steckte. Weder Wurm noch Schwalbe konnten zunächst die Blumenart erkennen, doch alsbald kam Oma zu dem Tisch zurück.

"Seht Freunde. Seht, welche schönen Blumen ich euch mitgebracht habe."

Es waren Vergissmeinnicht. Blaue, Rosa und sogar Weiße Vergissmeinnicht. Wurm war begeistert.

Sei es, dass Oma sich bewusst daran erinnert hatte, Wurms Blume zertreten zu haben, oder ob es nur reiner Zufall war. Wurm war voller Freude und voller Glück.

"Sieh nur Schwalbe. Oma hat sich erinnert. Oma hat sich entschuldigt. Oma hat mich doch lieb.", sagte Wurm und umschwang Schwalbe.

Natürlich hatte Oma Wurm lieb. Sie hatte jede Kreatur lieb. Jedes noch so kleine Geschöpf dieser Erde, denn Oma war ein Mensch absolut reinen Herzens. So war es. So ist es. Und so wird es immer sein.

Aber davon erwähnte Schwalbe nichts. Ihr war es in diesem Moment einfach nur wichtig, ihren besten Freund glücklich zu sehen.

Das und nur das zählte: Freundschaft.

Epilog - Ein Brief vom Mond

Huhu und Hallöchen!

Hier ist eure quirlige Astronautenmotte Manfred.

Ich habe es geschafft, ich meine, ich habe den Mond erreicht. Es war eine lange und beschwerliche Reise und zugegebenermaßen haben meine alten Mottenflügel kurz vorm Ziel ein wenig schlapp gemacht, aber schließlich bin ich angekommen. Ein Kindheitstraum ist in Erfüllung gegangen.

Schon als ganz kleine Motte habe ich davon geträumt, diese hell leuchtende Kugel am Himmel zu erreichen. Nun bin ich endlich hier und ich muss sagen, es ist eigentlich ganz nett auf dem Mond. Nicht viel Lärm und auch keine unsichtbaren Barrieren, die mir meinen Weg versperren könnten. Doch ich muss auch sagen, dass ich so langsam etwas Heimweh bekomme.

Wie es wohl meiner Frau Sybille und meinem kleinen Sohnemann Georg-Malte geht? Ich würde ihnen ja gerne etwas von hier mitbringen, doch der Mond ist sehr leer.

Ich muss mit Bedauern auch berichten, dass der Mond nicht, wie häufig überliefert, aus Käse besteht. Jedenfalls aus keinem, der mir schmeckt. Ich hätte mir besser etwas Proviant eingesteckt...

Jedenfalls möchte ich diese Gelegenheit nutzen, um euch Gartenfreunden zu danken. Ohne euch hätte ich wohl nie die unsichtbare Barriere überwunden und wäre wohl nie hier auf dem Mond gelandet.

Ich hoffe, es geht euch gut da unten!

Wie dem auch sei, ich denke, es ist nun an der Zeit, wieder aufzubrechen. Ich freue mich darauf, eure Gesichter wiederzusehen!

Mit mottigen Grüßen,
euer Manfred Bergamott